クラウドジャーニー

クラウドジャーニー

加藤 有希子

水声社

1

二〇二〇年三月二日の夢。テレビによくでる有名な司会者が飲み屋に一週間ぶりに訪ねてきた。彼はみんなに、銀色の錫《すず》でできたような「アラン・チューリングの指輪」と呼ばれるものを配っていた。それは人気の指輪で、人々が群がっており、多くの人がもらいにいった。私もすごく欲しかったが、人波にさらわれて、もらえない。銀色の分厚い指輪で、手の甲の部分は丸く装飾されており、その輪の中に×のような十字が描かれていた。

数学者のアラン・チューリングは一九五四年六月七日、四十二歳の誕生日の目前で自殺したことを、目覚めてから知った。

「向坂さん、おしっこ行きますか？」

「うーん、まだあんまり行きたくないんですけど……でも看護師さんがいらっしゃる間に行っておこうかな」

真希は義理でおしっこに行ったにもかかわらず、こんなに長いおしっこはひさしぶりだと思うくらい、長いおしっこをした。

「あ、青い。おしっこが、青い」

「すみません、言うの忘れてました。センチネルのあとは、おしっこが青くなるんです。驚かせちゃってすみません」

本当に、トイレの洗浄薬と見まごうくらい、真っ青なおしっこだった。

「はあ、ちょっとびっくりしました」

真希は疲れていた。青いおしっこなんて、どうでもいいというくらい疲れていた。

「ちょっと疲れたんで、もう寝てもいいですか？」

麻酔が覚めたら、徐々に傷が痛み始めた。冷や汗のようなもので全身が湿っていた。体が自由にならず、息も絶え絶えだった。こんなに体が衰えていたら、いつコロナに罹ってもおかしくないな、と諦め気味に思った。でもそんなこと、今はどうでもよかった。激しく疲労し、早く休みたかった。

「おやすみなさい。何かあったら、ナースコールをしてください」少し硬質な感じのする女性看護師だったが、真希は感謝しかなかった。術後の患者を見慣れているだろう彼女は、するべきことをしっかりとこなして部屋を出ていった。そのことが真希に、自分の手術は人並みであることを告げていた。

真希は、駅前の大病院のベッドで横になった。窓から見えるのは、数々のビルディングにショッピングモール、競技場。コンクリートの巨大な塊。さいたま新都心の界隈は、不自然なくらいに都市化していた。横浜郊外の住宅地出身の真希は、この作られた都会の雰囲気に圧倒され、なにか誇らしげな魅力すら感じていた。バブル時代に首都機能を移転させるためにつくられたこの街は、何もかもが異常にスケールが大きかった。ここはいつもなら人混みで溢れかえるはずの場所だが、二〇二〇年のエイプリルフールは人も光もまばらだった。

でも真希は、なんとなく気持ちに暖かさが戻った。線香花火のような、わずかな熱をこころに感じた。手術が終わった安心感も、もちろんあった。けれど一人では飲み込まれてしまうような巨大なコンクリートジャングルに対して、それが人が作ったんだというただ一点の事実に安堵を覚えた。

「私はそんなにヒューマニストだっただろうか」

そんなことを思い、少し驚いた。いや、驚いた自分に驚いたと言ったほうが正確かもしれない。

真希はかなり血の気の多いタイプで、端から見れば、いわゆるヒューマニストでなければおかしい人間だった。しかしまさにその血の気の多さゆえに、世界との接点に一抹の不安を抱えていた。真希はその感性の過剰さゆえに、人間のことが怖いとも嫌いとも思うことがしばしばあった。

「私は人間が好きなのか、嫌いなのか」肺炎の流行で面会禁止の病室で、ひとり笑った。昼間の大雨はやみ、夜になろうとしていた。

真希が初期の乳がんと診断されたのは、二〇二〇年の三月九日だった。その年の正月ごろ、近所の氷川神社でもらった「身体健康」のお札が、地震で倒れた。真希は十年以上前に別の大病を患ったため、「身体健康」の願いはいつも切実だった。

新しい家の書棚の一角に作った神棚には、家族の分のお札がいくつかあったが、倒れたのは真希のものだけだった。この家の書棚は真っ白な表面加工をしたプラスチック製のポップな家具だ。部屋一面に広がる艶のあるその白い書棚は、真希の新しい家をホワイトキューブのように現代的にしていた。そういう脱呪術化した空間に神棚を置くのは、霊感の強い真希の矛盾した一面でもあった。

その白い空間でお札が倒れ、真希は、正直かなりいやな予感がした。そういうことを一切気にしないタイプの人々がいることを真希は知っていたし、実際、彼女は、ふだんの美術史の大学教員としての仕事ではこういうことに影響されることがないように極力努めていた。でもいやな予感がすることは否定しがたかったし、そのことを真希はずっと忘れることができなかった。

遡ること一月の半ば、仕事が忙しい時期に時間をつくって職場でやる定期検診に行ったのだった。触診では異常がなく、いつも通り無事に終わるものと思い込んでいた。真希は過去にSLEという膠原病の一種である免疫の大病を患ったことがあり、自分はもうそれ以上、健康上の苦労はしないものと信じ込んでいた。真希の持論では、人生の不幸の総量は皆同じだった。「もう自分は十分不幸を経験した」、そう信じて疑わなかった。しかし検査から二週間後、そこに右の乳がんの可能性を指摘されたのである。

その月の末、大学の仕事を終えて帰ったら、薄い普通郵便が検診センターから届いていた。その郵便物の扱いの軽さで、すっかり誤解をしていた。「いつも通りの結果だ」、そう思った。しかし書かれていたのは「FAD局所的非対称性陰影（右）要精密検査」という見慣れないひとことの文言だった。封を開けたらそうとだけ書かれていたが、鋏を入れるまで、そんな診断が下っていようとは、思いもよらなかった。

真希は日記を読み返してみた。検診を受けた二〇二〇年一月十五日は、いやな夢を見たと書いてあった。昔、道端でつばを吐きかけてきた嫌な印象の男が、変な紙を自分の陣地に持ってきて、それを真希が必死で突き返す夢だった。あの当時、男の吐きかけた黄色いつばが足にかかって、それを真水で穴があくほど拭い去ったのを覚えている。どれだけ洗っても、足に溶け込むような気がして、血が出るまで洗った。「ライバルに勝つ夢は、実際にはなかなか勝てないことを暗示している」真希がよく見る夢辞典にはそう書かれていた。

真希の祖母も、母も、乳がんサバイバーだった。彼らは苦労はしたが、片胸で今でも元気で生きている。「ああ私のものも、遺伝だな」でも二人とも、左胸の乳がんだった。「右……」「なんで右なんだろう」、真希はばかげていると思いながらも、自分にとって唯一の道しるべを失ったような気がして、不安を隠せなかった。

生き残っている人たちとは別の側の乳がんかもしれないことは、真希をうろたえさせた。「科学的ではない」ことは百も承知だった。しかし真希は、自分は普遍性や再現性のある科学の世界には生きていないと常々考えていた。

他人がどうか、確率がどうか、そんなことはどうでもよかった。黒と白が出る確率はそれぞれ二分の一、でも黒黒黒白白白、黒白黒白黒白と出るかが「運」だと昔、数学者が言っているのを聞いたことがある。今、ここで黒が出るか、白が出るか、それは誰にも分からない。だからこそ、運命というものが、よりいっそう気になった。

白い書棚、白い壁、白いソファ、白いテーブルに囲まれた部屋で、真希はこんなところでも「黒」が出る可能性があることに身の凍る思いがして、途方に暮れた。過去に免疫の大病を患って以来、極力人生に不幸な要素が入り込まないように、微細な部分にまで気を遣ってきた。しかしそんな努力は、ほんの偶然のいたずらで、一瞬で水の泡となりうることを思い知った。

2

「大したことないよ」「よくあることだよ」、数人の女性に検査結果を打ち明けたが、皆そう言った。話によれば、定期検診のマンモグラフィで異常が出ることは、よくあることらしい。次のエコー検査に進めば、ふつうは異常がないことが分かるとのことだった。そこで安心もできたはずだが、真希はあることを思い出さざるをえなかった。

それは自分が十数年前にアメリカの大学院に留学中に、膠原病で死にかけた時のことだった。真希はその時、苦し紛れに霊媒に会いに行った。アメリカでは医療費が高すぎるので、いったん帰国して入院する手はずを、日本にいる両親と国際電話で整えたその晩だった。

日本にはイタコのような職業があるが、アメリカにもサイキックという霊媒がいる。三十歳になったばかりの頃だと思うが、真希は自分がただ無事なことを確かめたくて、体調が崩れるなか、よろよろとその噂の場所に行った。レンガ造りの建物が建ち並ぶ一角に、繻子《しゅす》織の深緑と紫の布が掛けられたほの暗い一室があった。そこの黒ずんだ銅製のドアをたたいた。真希が住んでいた街のなかでも古い歴史をもち、同時に治安も悪い一角にその占い小屋はあったが、知り合いの間では当たると評判だった。真希はその時、自分にもまだこんな怪しげなところに来る気力も体力も残っていることに驚いた。

そして実際、その時は真希の不安が解消されたとすら思える結果を告げられた。

「あなたの本当の苦労は今じゃない。たぶん四十二歳ごろに命の危機が来る。そこをなんとか生き延びなさい」東欧系かと思われる鋭く切れ長の目をしたその女の霊媒は、真希に諭すように話しかけた。そこには水晶玉もタロットカードもなかった。ただ使い古した木の机が狭く薄暗い部屋に置かれているだけだった。三十代になったばかりの当時、真希はそれを聞いて、深い安心感を覚えた。ああ今じゃない、ひとまず生き延びられる、そう思ったからだった。

しかしその後、数年、真希の病気はひどく、博士論文が仕上げられるかも、就職できるかも、まったく不透明な時期が続いた。膠原病で帰国して、横浜の小さな市民病院に入院した時、真希はステロイドを大量投与されて、「無菌室」のような場所に入れられていた。

といっても、ガラス張りの立派な無菌室ではなく、その小さな病院で、免疫が弱った人が入れられる隔絶された場所だった。そこには抗がん剤やステロイド剤で免疫が弱くなった患者が感染症に罹らないために入れられていた。外からの部外者の入室が制限されており、入り口に消毒液が置かれていた。今でこそ、コロナで病室の前に消毒液を置くことは当たり前になったが、十年前は、あの「無菌室」の一角にしか消毒液は置かれていなかった。

真希の部屋は四人部屋で、雑多な女性患者の寄せ集めだった。手前は心臓病、隣が膠原病と診断されているが、原因不明で食べ物が呑み込めなくなった中年女性、そしてはす向かいが、もう長くはない脳腫瘍の若い患者だった。

脳腫瘍の彼女には夫と子どもがおり、しばしば彼らが病室を訪れていた。彼らはもちろんのこと、もう長くはないと知っていた看護師や医師たちは、その患者にとりわけ優しかった。真希は健康な時はほとんど人に嫉妬することはなかったが、あろうことかその人妻に嫉妬した。「この人はなんでも持っている。夫、子ども、愛……。私が欲しいものをなんでも持っている。そしてこれ以上ない愛を受けて、惜しまれて惜しまれて死んでいくんだ」そう思って歯噛みした。もう長くはない病人に嫉妬するくらい、真希は追い詰められていた。真希はなれることなら、この人妻になりたいと思った。がんで儚く散る人妻を羨望の眼差しで見つめていた。

真希はその頃、パートナーもおらず、職にもつけず、論文も書き終わらず、何をも成し遂げていなかった。真希の病気は日本に帰ってきた頃には峠を越して、もう死ぬような心配はなかったため、ただ飼い殺される動物のように、隔絶された病室の中で日々ステロイド剤を飲み続けた。

実際には真希には、自分の身を気遣ってくれる両親がいて、しばしば病室を訪れてくれたが、真希は自分の持っていないものが多すぎて、自分がその時持っているものに気づくことができなかった。

ステロイド剤の投与で、おなかばかりが空いた。生きる気力がないのに、なぜか食欲ばかりが増し、絶望的な気持ちになった。薬の副作用で顔はどんどん丸くなった。体重は十キロ以上増えた。もうその頃、家族以外の人間は、真希が真希であることを認知することも難しくなっていた。

真希にはその時期、希望がなかった。もう死んだ方が楽なのではないかと何度も思ったが、病院では階段にも屋上にも網が張りめぐらされ、監視されている院内での死に方も分からなかったし、自分が死ぬのは四十二歳であると思うことによって、ある種の運命的な悲劇のヒロイン、憧れの女預言者になることができた。

真希の入院は数カ月に及んだが、同室の脳腫瘍の人妻がほどなくして亡くなった頃から、どういうわけか真希の病気は急速に快復した。彼女の夫と子どもは悲嘆にくれて涙していたが、真希は見るに耐えずに病室を出た。自分が彼女を呪ったのだろうかと真希は恐ろしくもなったが、もともと死ぬ予定だった人が死んだだけだと気を取り直した。それに自分には何かの不幸を力に変える霊力のようなものが昔からあるのを感じていた。

かつて小学校の先生ががんで死んだとき、近所の白猫が事故で死んだとき、真希はひどく悲しんだが、その後急速に調子が上向いた。そして真希は脳腫瘍の人妻が死んだあと、半年あまりでアメリカで学位を取り、帰国し、就職し、晴れて故郷に近い埼玉県の大学で教員となった。有期雇用とはいえ、フルタイムの大学准教授である。

病気もほぼ寛解し、真希は再び日の光のもとを歩んでいた。ここ最近は仕事も順調だった。大学院時代は常に懸案だったパートナーの問題も、日本らしいと言えばそれまでだが、就職するとすぐに解決し、院生時代の同級生と再会して結婚した。アメリカで霊媒から聞いたことも、すっかり忘れていた。最近では、自分は先々の雇用に不安があること以外、人生のカルマはすべて払い終えたものと信じ込んでいた。真希は二〇二〇年の四月末に四十二歳になろうとしていた。

こうして過去の記憶にふとトリップしていた真希は、急いで当の診断を下した埼玉の検診センターに電話した。病院などを紹介してもらったり、場合によれば診断に対する詳しい所見なども聞けると期待したからだ。しかしセンターはあっさりと、精密検査の受付も、病院の紹介もできない、自分で乳腺外科のある病院を探してくれと言ってきた。検診センターの青とも紫とも緑ともつかない薄ぺらい封筒が、白いダイニングテーブルにくっきりとコントラストを描いた。自分はこの何色ともつかない知らせに苦しめられている。真希はこの医療によくありがちな手術着のような色に、日常を侵蝕されるのを嫌った。あのアメリカの霊媒の部屋にあった、繻子織の紫と緑の布も思い出された。

真希は四十二歳の奇妙なカルマに翻弄されていたが、検診センターの投げやりな対応は、自分の病気がひどく凡庸なものであることを告げていた。「そうだ、二人に一人ががんになる時代だ。ここで私が死のうとも、それは凡庸な死なんだ」そう思い知った。

そんなことに思いをめぐらしているあいだに、夫の成斗が帰ってきた。真希と同じように地方の有期契約の大学教員として働く、つつましやかな男だ。大学院時代は教授のパソコン係といった感じで目立たなかったが、真希とはその頃からなんとなく気が合った。真希はその後、アメリカ留学というエリートコースを歩んだが、成斗もその茫漠とした存在感で関東地方の私立大学の教員の座を真希が知らないうちに勝ち取っていた。

小規模な大学でいつも細かい事務作業に追われている成斗は普段と同じように、大きな体に大きなリュックを背負って玄関を開けた。新築マンションの玄関は、大理石風の加工が床に施されており、暖色の心温まる電気は成斗が帰ってくると、センサーで自然と点灯した。

「たでーま（ただいま）」

遠距離の複数のキャンパスを行き来する成斗は、いつもたくさんの荷物を持っていた。

真希はなるべくこころの動揺を悟られないよう、検診センターから送られてきた薄ぺらい紙をただおもむろに成斗に見せた。

「なるちゃん、私……がんかもしれないの」真希はそれ以上、言葉が出なかった。

「え……」成斗の顔が、いつもは見たことのない表情でゆがんだ。四十二歳のカルマのことは、成斗には言えなかった。

3

結婚前、真希の膠原病が治りかけて退院した直後、成斗に一度だけ偶然会ったことがあった。ステロイド剤で顔がまんまるくなり、ほとんど誰も真希のことを真希と認知しなかった時のことだ。真希はそれを幸いと思い、誰にも会わずに東京にある大学に証明書類だけもらいに行こうとしたのだった。

その時、偶然キャンパスにいた成斗が遠くから手を振ってきた。「マッキーさん!」成斗は真希を大学院で皆が呼ぶあだ名でそう呼んだ。真希は成斗が自分のことを識別したことにも驚いたし、成斗に自分の丸くなった顔を見られるのも恥ずかしかった。成斗はそれに気づいたのか、遠くからにっこり笑った。

その時は、それで終わったが、それから数年、真希は病気も治って就職してから成斗と再会した。連絡をしてきたのは成斗のほうだった。久しぶりに会った成斗は、真希を上野の飲み屋にデートに誘った。そして酒に弱い成斗にはめずらしく深酒して、自分はマーガレット・サッチャーが好みのタイプだと言って、プロポーズした。真希は長年知っている成斗がそんな趣味だったことにも驚いたが、正直悪い気はしなかった。

真希は成斗にプロポーズされて以来、気づかぬうちに「鉄の女」を演じていた。成斗と結婚すると、真希は大学教員としてますます業績を積み上げた。成斗も真希のその仕事っぷりを、いつも陰で支えてくれていた。そんな「鉄の女」がまた道半ばで病気かもしれないなんて、真希は情けない気持ちになった。サッチャーは強く生き、そして年老いてぼけるまで生き延びた。一方、自分はというと、まだ何も成し遂げていないのに、またも病気で足をひっぱられそうになっていた。自分は運の弱い人間なんだろうか、というかすかな不安が頭をもたげた。

がんの検診で暫定的に「クロ」が出てから、真希はかつてのアメリカでの予言を思い出すことが多くなり、弱気になった。成斗にも、あの「予言」のことを言うべきか迷った。アメリカ東海岸のあの薄暗く隠微な霊媒の部屋が思い出された。あの緑と紫の何とも言えない光沢の布が手に取るように目に浮かんだ。もし本当に死ぬなら、早く成斗にも言って、残りの時間を大切にしたほうがいいかもしれない。でもそんなこと、まだ分かっていないし、言おうと思うと、そんなことを気にしている自分が恥ずかしい気持ちが先に立って、言うことはできなかった。

弱音を吐こうと思えば、吐けただろう。成斗は優しく聞いてくれるはずだ。けれどそのことは真希自身がゆるさなかった。成斗にはいつも最高の自分を見せていたかった。「鉄の女」を好む成斗には、いつも元気な自分を見せていたかった。いじめられた子がいじめのことを簡単には打ち明けられないように、大切なことは結局言えないんだと真希は諦めるような気持になった。

最初の乳がん検診の結果――その後、うんざりするほど様々な検査を経て、数カ月後にがんと判定されるのであるが――が来た二〇二〇年一月末はどんな時期だっただろうか。アメリカとイランの一触即発のいがみ合いや、中国・武漢で肺炎の流行が噂され、なんとなく世界がきな臭くなり始めていた時期だった。

二〇二〇年の一月初めにイランのソレイマニ司令官が殺されたとき、真希はそれがどんな人物かを知らなかったが、アメリカ一国の判断で、しかもトランプという子供じみているけれど自信だけはたっぷりある人物によって、国際的な要人が殺される事態に恐れおののいた。

その年の一月十五日には日本で新型肺炎の初めての感染者が確認され、一月二十二日には武漢の交通が全面的に遮断された。日本でテレビに出る「専門家」は楽観的な姿勢をその頃、多くが取っていた。日本ではまだ人から人に感染するのかどうかといった、能天気な議論がなされていた。しかし中国で都市封鎖するほどの感染が、日本で広まらないことなどあるのだろうかと、真希はわずかに不審に思い始めていた。

　そしてここ二十年来の恒常的な懸案である環境問題は声高に叫ばれているが、最近はほとんどまったなしの状況で、信じられないような酷暑や大洪水、台風、ハリケーン、未曾有の森林火災が続いていた。それにもかかわらず、ティーンエイジャーの少女が学校を休んで、かまびすしく世間に訴えかけるぐらいのことしかしていなかった。アメリカも中国も日本も、世界のリーダーの多くは皆身勝手で、政治も混迷を深めていた。世界はしばらくして新型コロナウイルスで壊れる前から、十分壊れていた。


　そんな二〇二〇年一月二十八日、真希は定期検診の悪い結果を受けて、自宅に近い大宮駅前の乳腺外科に予約を入れて行くことになった。その日は大雪かもしれないと予報が出ていたが、実際には冷たい雨だった。

　駅前の路地裏を南に抜けたオフィスビル街は、漫画喫茶や飲み屋も混在する低層ビルの雑踏で、道路は雨でいっそう、黒ずんでおり、吐いたガムの跡が黒く水玉模様のように広がっていた。真希のマンションは閑静な住宅街の中にあったが、大宮の街は少し歩いただけで雰囲気ががらりと変わる。この清潔ではない区域に批判的な人が多いのも知っていたが、真希は大宮のこの猥雑とした雰囲気が好きだった。

そのお世辞でも綺麗とは言えない区域の建物の一室に、乳腺外科もあった。「どうせまた何週間も待たされて、結果はすぐには聞けないんだろう」真希は病院の検査に対する常日頃の不満を、これを機にこころのなかでぶちまけていたが、検査結果は意外にも素早く、即日で出た。

マンモグラフィと乳腺のエコーだった。真希は検査中、技師の表情から結果を探ろうとしたが、とりわけエコー技師は少し厳しい表情をしていたので、恐くなって途中から顔を見るのをやめた。彼女は胸にどろどろとしたジェルのようなものを塗り、わきの下から心臓のあたりまで、ゆっくりと丁寧に見ていった。乳房が液体でべっとりとして、わずかに悪寒がした。技師は撮影が必要と思われる要所要所で写真を撮っている。その回数が少し多いように感じられた。

ずいぶん長い時間がかかったと思うが、検査はようやく終わり、そして予想外に早く診察室に呼ばれた。診察室にいたのは、若くて自信に満ちた男性の総合診療医だった。

「マンモグラフィはさほど怪しいところはないと思いますが、うちのエコー技師が、左右に気になるところがあると言っているんです。おおごとではないと思いますが、うちの技師は確かな腕を持ってますから、まあ念のため、紹介状を書いておきましょう。ＭＲＩとか、もっと詳しい検査をやってもらってください」その恰幅のいい堂々とした総合診療医は、こなれた手つきで隣駅の新都心の大病院に紹介状を書いてくれた。

真希は家に帰って、成斗に検査のことを説明した。

「まあ仮にがんだとしても、おおごとじゃないみたいだし、まあ左右に異常があるかもってことだけど、がんじゃないかもしれないし」真希は無意識のうちに、このままいい戦況で終われるよう、まくしたてるようにしゃべり立てた。

「まあよかった、早く見つければ、それでいいから」成斗はなだめるように答えた。成斗は何事も、おおごとにするのをよしとしないタイプの男だったし、真希がたくましい女を演じられるよう、お膳立てをしてくれる気遣いのある男でもあった。

真希は近所の乳腺外科から帰った午後、すぐさま新都心にある駅前の大病院に予約を入れた。弱音を吐いている暇はなかった。大病院なので、電話をつなげるだけでも一苦労だったが、真希はよその大学で二月の初めに集中講義があったので、すぐには日程を調整できなかった。「おおごとじゃないみたいだから、少し遅れてもいいか」そう思い、集中講義が終わる頃の二月十日に精密検査の予約を入れた。

大宮駅前で検査を受けた二〇二〇年一月二十八日の新型コロナウイルスは、表向きはまだ中国武漢の地方病で、対岸の火事という扱いだった。中国での感染者は四五一五名、うち死者は一〇六名と発表されていた。しかし日本でのこの時点での感染者は、たったの四人だった。

真希は肺炎に関しては、近頃なんとなくいやな予感がしていたが、しかしきっと自分の病気と同じように軽いもので、じきによくなるだろうと努めて思うようにした。専門家だって楽観視しているじゃないか。四十二歳のカルマだって、ずいぶん昔に聞いたことだ。世界がウイルスで終わることも、自分ががんで死ぬこともきっとない。今日の堂々とした総合診療医の自信が、真希にも乗り移った。真希は心配しつつも、その日は機嫌よく眠りについた。

4

その夜、真希は夢を見た。真希は嬉々として「乳がん検査、シロでした」ということを告げる手紙をみんなに書いていた。すると突然、電気が消えてしまう夢だった。真希と成斗の真っ白なマンションの部屋が、一瞬で闇に包まれる、そんな情景だった。

真希は目覚めてから、蒼白になった。まだ早朝で薄暗かった。あたりは薄明の群青の空気に覆われていて、それがカーテンの隙間から垣間見えた。成斗は起きていないようだったが、真希は思わず男のほうに体を寄せた。

「なるちゃん、こわい夢見たの」

成斗は眠そうにしながらも、真希の表情が只ならぬことを感じて、優しく抱きとめた。

「大丈夫だよ」成斗は黙って、真希の足に顔を押し当て、息を吹きかけた。暖かくて少し気持ちが落ち着いた。二人でよくやる「猫吹き」という遊びだった。真希の実家の猫はそうすると、ごろごろ言った。

「電気が消える夢、見たの」成斗にはそれだけ言えば分かるだろうと思い、真希は言葉を絞り出した。

「夢が実現したら、世話ないよ」霊感的なことをあまり信じない成斗は、冷静に諭した。いや、現実主義の成斗も空想力溢れる真希の夢の話は、いつも少なからぬ関心を持って聞いているのだが、こういう時には精神にぶれない芯の強さがあった。

ＪＲに変わる前の旧国鉄に勤めていた成斗の父は、成斗が小学生の時に、会社の感電事故で亡くなっていた。成斗は子どもの時にすでに、最低最悪の経験をしていたし、その後の苦労についてはほとんど語らないが、父親がいない生活では、相当不便で嫌な思いもしてきたはずだった。

大学院で同輩だったとき、「お父さんどんな人だったの?」と真希はふと聞いたことがあった。七月の学期末のむんとする暑さのある夕暮れのホームだった。成斗の父は電車の車両開発をしていたという話を成斗はゼミの飲み会でしていたことがあったが、今この電車も成斗のお父さんのおかげで走っているのだろうか、と真希は思いを馳せた。ピンクと水色の間のような色をした夕方の空は、大気中の蒸気で半透明で、美しい多数の雲を配していた。真希と成斗は不思議と気が合ったが、真希はその頃、アメリカ留学の準備をしていて、日本人と付き合うことなど毛頭考えていなかった。

その時、成斗は駅のホームで何かぼそぼそと答えた。薄暗くなったホームで、黄色い点字ブロックが妙に鮮やかで、なんだかそれが目に染みた。成斗の声は電車の音で掻き消されて、真希にはよく聞こえなかった。いごこちが悪そうだったので、真希はもう一度聞き直しはしなかった。そして成斗はその時、「聞いてくれてありがとう」と言ったように思う。真希はその瞬間、成斗の遠い過去をわずかに覗き込んだ気がして涙ぐんだのを覚えている。

成斗は人生の入り口で大きな苦難を背負ったせいか、したたかな性格をしており、ひかえめだけれど、非常事態には強かった。成斗の勤める大学は小さな私立大学で、少子化のあおりを受けて、しばしばアドミニストレーションに異常をきたしたが、成斗は職場でどんなに嫌なことがあっても、熟睡することができた。真希は心配事があるとすぐ眠れなくなるが、成斗は違った。

成斗は人生に対しても、人に対しても過大な期待をしなかった。真希に対しても「妻として」するべきことなど、何の要求もしてきたことはない。マーガレット・サッチャーが好みのタイプなどというのは、風変わりな戯言だということも成斗はわきまえていた。成斗は誰に対しても「生きていればそれでいい」と本当は思っていた。

今回、真希はまだ成斗に四十二歳のカルマのことは一向に伝えられていなかったが、それはおそらく真希自身の問題だった。真希は成斗には弱いところをできるだけ見せたくなかった。成斗の期待に応えたかった。いや、成斗は期待など実際にはしていないのかもしれない。それは真希にもよく分かっていた。では誰の期待か、それは真希の真希自身に対する期待にほかならなかった。成斗は本当は、いつ何を言っても静かに聞いてくれるはずだ。そう思うと、真希のこころは密かにほころぶのだった。

その日、休みだった真希と成斗は、自宅近くの氷川神社に厄除けのお参りに行った。武蔵の国の一ノ宮で、二キロ続く欅の参道と大きな境内をもつ広い清楚な神社だった。埼玉県の大学に勤める真希は、入職して大学の近所の北浦和の借家に住み始めた頃から、いつかは大宮の氷川神社の近くに住みたいと思ってきた。そしてたまたまポップアップ広告で出てきた新築マンションを、勢いで買った。ローンを組む時は、夫婦が有期契約の雇用であることは黙っていたが、銀行も一つでも多くマンションを売りたかったのか、二人の雇用に関しては、何も言ってこなかった。

氷川神社の周辺は、シンプルな神社の佇まいに、大きな並木の長い参道があり、神社の背後には広大な公園もあった。チェーン店などが多い埼玉の風景のなかで、明らかに一線を画した地域だった。ここに住んでから、真希と成斗はとても満ち足りた生活を送っていた。高さが十メートル以上にもなる美しく奥深い欅並木には、綺麗に石畳が敷かれ、どこからともなく人が訪れ、犬の散歩をする人々や、遊びあう子どもたちの姿があった。

一月も末の時期になっても、参道と神社は人々で賑わっていた。コロナの影響もまだなかった幸せな時期だった。初詣の名残だろうか、真希はこの人が集まるハレの景色が好きだった。ところが神社の三の鳥居——たくさんある鳥居のなかで、参道と境内の敷地を分ける鳥居——に近づいた時、成斗が賑わう様子を見て気のない様子で独りごちた。

「しかしいいね、宗教法人は黙ってても人が来て」成斗は誰に対しても優しい男だったが、彼が言うところの「神」については、冷たい男だった。成斗は神を信じていないと常々言っていた。それは事故で亡くなった成斗の父親が、生前いつも「神はいない」と言っていたことの影響が大きかった。

その事故死という仕打ちは、「神がいない」と運命を呪うには十分な不幸であり、残された家族が想像を絶する苦労をしてきたことは間違いなかった。成斗が神を信じない、もしくは神に対して大変な不信を抱いているのはもっともなことだった。

でも真希は、今、この瞬間、この成斗の言葉はあまりに酷だと感じた。自分が病気平癒を祈ってわざわざ神社に参りに来ているのに、それはあまりに無神経だと思った。もちろん成斗がこういうちょっとシラけたことを言うのは、思い詰めている真希を落ち着かせようとしている思いやりであることも知っていた。でもやはり耐えられず、鮮やかな朱の巨大な鳥居の前で思わず声を荒げた。

「もう宗教がどうのこうの言うのやめて。なんで私が成斗の不信仰を背負わなきゃいけないの。私が死んだらどうするの」成斗は思わぬ反撃を受け、顔をゆがめて「ごめん」と謝った。

しかし真希は、この不満をぶちまけた瞬間、自分が言ったことのばかばかしさに、あきれかえった。「結局は自分も、成斗とその家族を追い詰めた田舎の残酷な人間と同じなのではないか」――日頃の会話から分かるのは、成斗は父の死に意味を見いだすことができていないということだった。成斗の父の事故死は群馬県の田舎の寺社でも忌避され、煙たがられ、あの家は悪い縁起があると陰口をたたかれた。

成斗の父の家は、北関東地区の豪農だったが、成人の父が学をつけて群馬大学の工学部に進学してから、土地を売って兼業農家に転身した。地元の一流大学に進学した父を、周囲の人間は羨望とともに、半ばあきれ顔で見ていた。というのも成斗の父は、進学してから、周囲にも明らかに分かるように、無神論に傾倒していったからだ。そして彼の事故は他ならぬ彼の「無信仰」に罰が当たったと、周囲でまことしやかに噂されるようになった。

近所の菩提寺は、成斗の家には血族としての業があると主張してきた。そしてしばらくの間、成斗の父の墓を建てさせなかった。成斗はそういう周囲の悪意に晒されてきたからこそいっそうのこと、今の今まで、父の死に納得してはいなかった。いかなる点からも、父が死んでいい理由などなかったし、無信仰であること以外、人格的になんの欠陥もなかった父に罪があるとは思えなかった。父が反逆したかったのは、きっとそうした田舎の風習であったはずだし、神というものが仮にいたとして、その存在が父の死を是認するということはゆるしがたいことだった。

四十代になった今も、成斗は父が「神はいない」と言っていたことから逃れることが出来なかった。成斗の父は生前、自らの早世を察してか、葬式を無宗教でやりたいと周囲に漏らしていたという。しかし結局は突然の事故死で葬式の様式など選んでいる余裕もなく、家族は関係の悪い菩提寺に世話にならざるをえなかった。妻である成斗の母は、夫の死後、夫が成仏できるようにと毎朝線香を炊き、お経を上げるようになった。彼女は夫の唯一の「罪」を償いたいと願っていた。そして成斗も大人になるころには般若心経を完全に暗記するほどにまでなっていた。

こうして成斗は父の「無信仰」によってあらゆる不利益を被ってきたにもかかわらず、まだそこから逃れることが出来なかった。成斗はそんな懲罰的な経緯で覚える般若心経などは何の意味もなく、宗教というものが残酷な人知があみだした妄言だと信じていたし、「神」の手が下る前の父の生前の幸せそうな笑顔を忘れたことはなかった。

だから成斗は父の命を奪った「神」を信じてはいなかった。それは成斗のせめてもの抵抗の証だった。でも成斗には神に対する信仰がなくても、人生に対する信頼があった。成斗は聖書の「山上の説教」のようなこと、つまり「他人を自分のように愛しなさい」とか「人を裁くな」とかいったことを体得的に理解していたし、神を信じていなくても、神の教えを守っていた。真希の見立てでは、明らかに成斗のほうがこの世界を信じていた。「神」のような一神教的な意思の世界というよりは、雲のように茫漠とした「神様」のようなものを成斗は信じているようにも思えた。

一方、真希は「神」を信じていると自分では思っていた。というより「神」の意思を信じようと努力してきた。自分に降りかかる数々の病や困難にも、必死で意味を見いだそうとしてきた。しかしだからこそ、真希はお札が倒れ、霊媒に寿命を告げられただけでもひどくこころが動揺した。

こういう時、「信仰」があるのはどちらなのだろう？　真希は迷った。でも明らかに、この点に関しては、成斗に軍配が上がるような気がした。

成斗には本当の意味で、信仰があるように思えた。意思のある「神」ではなく、いわば漠然とした大気みたいな雲みたいな「神様」を、世界の「愛」を成斗は信じているようにも思えた。真希は自分がそういう世界に対する信頼感を持てないことが情けなくて、うなだれた。結局、私のほうが信仰心がないんだ。より正確に言うなら、命に対する信頼が、私のほうが薄いのだと、真希は自覚した。

その日から、真希は自分の命にこだわるばかばかしさについて考え始めた。真希は思えば苦労もあったが、今まで幸せだった。

　真希と成斗は東京の大学に通っていた大学院生の時に出会ったのだが、当時、成斗から見て真希がどんなだったのかは、よく分からなかった。でも真希は、成斗といると、不思議とこころが落ち着いた。結婚後も、二人の仲は、熱烈な恋ではなかったが、真希のなかで、猫のきょうだいが箱のなかで丸まって、体を寄せ合うような心地よさがあった。成斗は父を幼いころに失って、家の主な収入源が断たれたが、国鉄から十分な賠償を受けて、大学にも進学することが出来た。

　一方、真希は何一つ不自由のない若年期を送り、成斗とは全然違う生活を歩んできたが、しかし成斗と一緒にいると、体のなかの分子がぴちぴちと活発に動く感じがした。このように全然違う境遇を生きながらも、真希と成斗は一日しか生年月日が違わなかった。同じ歳で、生まれた日が一日だけ違うのだった。「占いが嫌い」と明言してはばからない大学院の後輩が、結婚披露宴の時、しきりに成斗と真希の出会いに「運命ですね！」と繰り返したのが、印象的だった。

　真希も成斗も激しい競争のなか、大学教員の職も得た。そして彼らは埼玉県で一番住みたいところに住むこともできた。真希は膠原病を過去に患ったが、無事克服した。博士論文をアメリカで書いていた時期に極秘で帰国して入院したので、真希が苦しんだことは日本ではほとんど誰も知らなかった。成斗ですらである。だから真希は、はたから見たら、何の苦労もない人生を送っていると思われていてもおかしくなかった。

成斗は結婚後も優しかった。真希は同窓の大学院生たちが、「優しい人っていいよね」とおしゃべりしていた時、そのことの意味はよく分からなかったし、若い頃はそんな男は好きではないと思っていた。でも真希は成斗と帰国後再会して、結婚した。

成斗は家庭の汚い仕事をすべて引き受けてくれた。カビやぬめりのついた排水溝の掃除、髪の毛の除去、生ごみの処理、掃除機のごみ捨て、風呂の垢取り、血のついた生理用品の処分。女の生理用品の処分など、男がする仕事なのだろうかと真希は最初驚いたが、今では自分が知らないうちに、いつもごみは片づいていた。優しさの意味は今でも分からない。でも真希は成斗がどんな男かと言われたら、「優しい」としか答えようがなかった。

成斗は、実はマーガレット・サッチャーが好みのタイプだと、真希と初めて会ってから十年以上もして打ち明けて、真希を驚かせたわけだが、真希の父はそれを聞いて「そんなのは詐欺だ」と言って最初、結婚に反対した。しかし成斗の不可思議で茫漠とした雰囲気を感じ取って、嘘を言っているわけではなさそうだと思いなおし、両親ともにほどなく結婚を承諾した。

真希はその頃から大学に職を得て十年近く、しがない任期付きの一教員にすぎなかったが、成斗はそれでもついてきてくれた。真希はマーガレット・サッチャーではなかったが、成斗は真希についてきてくれた。成斗はいわば真希の嘘にずっと付き合ってくれていたのだ。

自分が死んだら、新築マンションの住宅ローンも団体信用保険でチャラになる。真希はローンというのは死んだらチャラになるシステムであることを、マンションを購入するまで知らなかった。病歴のある真希の場合、保険料が少し高い「ワイド団信」というものだったが、真希が死んだら、ローンは帳消しになる契約だった。

中国では肺炎も流行ってきているし、地球の環境は限界に近いと常々感じていた。日本では子どもの数も減ってきて、真希や成斗の勤める大学だって将来が怪しかった。もとより二人とも有期雇用契約なのだから、先のことなどまったく分からなかった。こんなことなら、今死んだ方が幸せじゃないだろうか。

真希に子どもがいないのも、真希自身が一度も欲しいと思わなかったことが一因となっていた。真希は自分の人生で手一杯だった。電車の中で泣きじゃくる子どもを見るたびに、自分には子どもがいなくて本当によかったと正直に思った。ポストフェミニズムの社会で最近になってようやく言われるようになったことだが、女だからといって、仕事も家庭も子どももおしゃれも、すべてやり遂げるのはどだい無理な話だった。

「ヨーロッパは男を自由にする、アメリカは女を自由にする」そんなことを真希は、日本の大学教授から聞いたことがあった。真希は二十代の時、アメリカに留学し、それまでの日本のステレオタイプから解き放たれ、自由になった。女が母性や美貌に結びつけられることもなくなった。そして真希は自分にステレオタイプな女を要求してこない成斗のような男を夫に選んだ。

それに真希は、学歴があり環境意識が高い左翼思想者の常で、地球の将来に、生命に、そこまで明るい展望を持っていなかった。というより人類の生命、とりわけ人間が地球上の生命の頂点に立つ人新世という世界にそこまで信頼を置くことができなかった。

それは高学歴の恵まれた人間の耳学問にすぎないかもしれないが、人間に対する悲観的な態度を捨て去ることは出来なかった。どす黒いオレンジ色一色に染まった森林火災の様子や、家畜の伝染病を回避するために殺された何十億匹もの動物が、真っ白に敷き詰められた消毒剤の下に埋もれる様子、海に散乱するプラスチックごみを食べて死んだ数々の海洋生物の様子が目に浮かんだ。自分もこの罪の一端を担っている。自分は罪深い人間だ、そう思わずにはいられなかった。

これで死んだら、それも幸せかもしれない。マクロ的な視点で見れば、早死には世界に対する貢献でもある。自分は幸せなまま死ぬのかもしれない。自分は世界の終わりを見ずに死ぬのかもしれない。それでもいいような気もしてきた。

5

真希と成斗は、いわゆる就職氷河期世代であり、数々の競争と困難に巻き込まれてきたが、これまで偶然の幸運に恵まれてなんとか生き延びてきた。その中で特筆すべき幸運があるとすれば、新居に美術館に常設されてもおかしくない傑作と呼べる芸術作品があることだった。

《クラウドジャーニー》と題されたその作品は、土門響《ひびき》という若手の実力派アーティストから破格の値段で譲ってもらった品だ。その作品は正方形の板のようなライトアートで、表面に乳首のようなLED電球がみっちりと全面についている。いわばテレビのブラウン管を拡大したようなアートだ。それが時間の経過とともに、雲のように輝く。作品は青を基調に、緑や紫が時々入り混じり、そして突然、雷のように青白く強烈に光り、その後しばらくの間、静寂とともにライトが消える。ライトが消えた板の上には、隙間なく埋め尽くされた透明なLED電球を透かして、銀と紺の点描の世界が広がる。

そのライトの点き方がコンピューターでプログラミングされ、不規則に現れるため、見ている側は、いつ「雷」と静寂が来るのか分からない。数分に一回、雷が現れるときもあれば、数日、まったく見えない時もある。それゆえ実際の空を見ているような期待感を常に持つことができて、射幸心をあおり、わくわくもする。

夏の激しい雲と空を思わせるその作品は、ウォルター・デ・マリアのニューメキシコにある《ライトニング・フィールド》——あの雷を集める作品——を思わせる崇高さも内に秘め、美的にも優れた作品だった。所有者である真希と成斗は、この雲と光の変化溢れる世界を、その仕組みが分からないがゆえに、純粋に堪能できた。これは美術史研究者の真希が、成斗の助けのもとに初めて手に入れた芸術作品だ。

長年美術史を研究していて、家に美術品がないのは、常々おかしなことだと思っていた。しかし金銭的にも精神的にも厳しい大学院生活で、真希も成斗もすべてにおいて疲弊していたし、二人は数年前までは古い借家に住んでいて、美術品を置く気にもなれなかった。その上、真希も成斗も美的センスにはそれなりにうるさく、どこにでもあるもので満足できるわけではなかった。

そんな夫婦は去年、奮発して新築マンションを買ったのだが、まだ二人の雇用も不安定だったし、病歴のある真希が成斗とペアローンを組めたのも奇跡だった。いろいろな可能性を検討するため、中古の家やマンションも言い訳程度に見てみたが、真希と成斗は一番いい立地の、一番住みたい部屋を選んだ。真希はもともと野心的な人間だったが、成斗もふだんはつつましやかでも、いざというときには大胆な選択をする男だった。真希のようなキャリア志向の女と結婚したのも、そのあらわれかもしれなかった。そしてその二人の新居転居の記念に、大発奮して買ったのが土門響の《クラウドジャーニー》だった。

真希と成斗が土門に初めて出会ったのは、二〇一二年の七月末、福島の裏磐梯でのことだった。結婚したばかりの真希と成斗は、新婚旅行のために海外に行く金銭的・時間的な余裕がなく、星が綺麗だと評判だった裏磐梯のスキー場のリゾートホテルに宿を取った。東日本大震災の余波もまだあり、そして真希も膠原病が寛解したばかりの頃だった。そのホテルには小さな演奏場とギャラリーが併設されていて、二人は食事の後、ギターの演奏を聴きに行った。

夜の空気が透けるガラス張りの部屋で、バラードのような奥行きの深い曲を、琵琶のように弾いていたのが土門響だった。土門は綺麗な黒髪をきっちりとおかっぱに切りそろえ、その精悍な顔立ちから男性のようにも見えたが、胸のふくらみから女性のようだった。真希と成斗は新婚の浮つきもあったかもしれないが、こんな地方のホテルの一室で、あまりに妖艶なギターを聴くことが出来たことに感激した。そして演奏が終わった後、土門ではなく、司会のホテルの従業員が、ここのギャラリーでは土門さんの絵も置いていています、と紹介した。土門はそれを聞いて、演奏を聴いていた数人のホテルの客にぺこりと頭を下げた。

真希と成斗は、この女性は絵を描くこともできるのかと驚き、さっそくギャラリーに向かった。こんな懐の深い演奏が出来るアーティストが描く絵はどんな絵なんだろう。

照明を落としたその小さなギャラリーに広がっていたのは、紺色とも銀色ともつかない点描が、画面一面に広がった静寂の絵画たちだった。そこにコンピューター制御された星のような光が、時々、まばらに舞った。土門の演奏は魂の底流のようなものを感じさせる旋律だったが、彼女の作品は、その演奏から音を消して、魂の奥の水脈だけを汲み取ったような不思議で静謐な絵画だった。

無口な土門は、演奏を終えて、ギャラリーのほうに場所を移していた。そして作家紹介のキャプションを見ると、土門は福島県出身の真希と成斗と同じ歳の作家のようだった。まだ三十代半ばの若い作家だ。東北地方のプログラミング専門学校の卒と書いてある。

光る部分は確かにコンピューター制御されているが、この背景になる点描はどうやって打ったのだろう。いくつかあった同じ色調の作品は、人間味を感じさせる画面でもあったが、しかし同時に、細部を見ると、宇宙のような無機質さも感じさせた。星空のように、不規則だけれど、無生物の突き放したところもある。機械で描かれたようにも見えるが、なぜか手で描いたような温かみも感じさせた。

真希は興味を魅かれて、土門響に声をかけてみた。

「この作品は、手で描かれたんですか？」

「――――」土門はこちらを向いて、少しひきつったように微笑んだが、黙っていた。真希は無視されたのか、変な質問をしたのかと思い、少し気まずくなった。

「すみません、変なこと訊いて」真希は謝った。そして土門のほうを向くのをやめ、絵を再び見だすと、後ろを向いた真希に向かって、土門はぼそっと言った。

「…………っ手です」

「！　ああ、手で描いたんですね！　すごい！」真希は土門から返事をもらえたことが嬉しくて、思わず大きな声を上げたが、同時に、土門は発話に少し問題を抱えていることも分かった。

「素敵な絵ですね！」真希は素直に褒めた。返事は期待していなかった。

「本当に、素敵な絵ですね」成斗も相槌を打った。成斗はこういうとき、あまり言葉を挟まないほうだが、土門が発話に問題を抱えていることを察して、間をもたせるために言葉を挟んだ。

「…………っありがとう……っございます」土門の精悍な顔がほころんだ。

「本当に素敵な絵ですね。すごく欲しいんですけど、私たち、まだ借家に住んでいて、飾る場所がないんですよ」実際、値段は真希と成斗が背伸びすれば買える程度のものだったが、何よりこれだけ崇高な感じのする絵を飾る場所はなかった。

真希はなんとなく土門に好感が持てて、これだけで終わるのはもったいないと思った。

「星、見ませんか？」真希は土門を思い切って星空観察に誘ってみた。成斗もうんと頷いた。本来は新婚で夫婦二人で見る星空かもしれなかったが、成斗は不思議と嫌な顔をしなかった。

「……っき…っきれいに見える場所……っ知って……っます」土門は切れ長の目を輝かせた。その時、真希は、重なる二つの「き」の音を聞いて、土門が吃音であることに気づいた。でもそんなこと、どうでもよかった。土門とは、言葉はつたなくても、しっかりとコミュニケーションを取れている確信があった。

土門はおかっぱの髪に手をやり、ギャラリーの扉を開けて、颯爽と歩きだした。下界では熱波が続いているようだったが、梅雨が明けた福島は綺麗に晴れていて、高原特有の涼しい空気に覆われていた。真希はカーディガンを着た。土門は歩くのが早く、すぐにホテルの光の入らない岩陰のエリアに真希と成斗を導いた。

「……すごい」次の瞬間、成斗が感激して声を上げた。

「……すごい」真希も吃驚した。見たこともない凄まじい星空だった。天空全体に広がる星が、真希たち一同に向けて降ってくるようだった。

土門は黙っていた。暗くて見えるはずもないのだが、真希はなんとなく、土門が笑っているように思えた。

「宇宙はなんでこんなに綺麗なんだろう」真希は思わず息をのんだ。

「…………」一同は黙ってしばらく星を見つめた。そして意外なことに、土門が口火を切った。

「……っ宇宙自身が宇宙を美しいと思っているからですよ……」土門はめずらしく、ほとんどつかえず、意外なほど強く、はっきりとそう言った。真希はその答えが、あまりに意外で、しかも核心をついていて、思わず息をのんだ。

宇宙自身が宇宙を美しいと思っている……宇宙は私たち人間の存在など意に介さずとも美しいのだろうし、いつか未来に人類が滅びても、美しいままだろう。その圧倒的な存在と力こそが、私たちに美しさを感じさせるのだ。それが宇宙の「自意識」というものだ。

「土門さん、私も実は美術史をやっていて、点描の研究をしているんです」

「……っそ、そ、そうなんですか」土門は暗がりで、軽く真希の腕に手を触れた。

「明るいところで、連絡先を交換しませんか」真希が思わぬ知己を得たことに感激すると、土門は真希たちの手を引いて、再びギャラリーに帰って行った。

その夜、土門の夫と娘を交えて話を聞いたところによると、土門は目下、売れ始めたアーティストで、仙台や東京のギャラリーでも作品を展示しているとのことだった。真希は、まずもって、土門が結婚していることに驚いたが、ギャラリーに迎えに来ていた夫は愛想がよく、娘もどもっていなかった。

こうして真希と成斗は、土門響と夫婦で親しく付き合うようになった。

それから数年、真希の審美眼が正しかったのか、土門は、新進気鋭の作家を扱うギャラリーと契約して、一躍時の人となった。そして海外のリーディングコレクターや美術館が作品を買ったことで、値段が百倍以上に膨れ上がった。真希たちは、あの時福島で作品を買っておけばよかったと、ちらりと思うこともあったが、しかしそういう投機心とは別に、土門がアーティストとして活躍するのを、こころから嬉しく思った。

真希と成斗は建設中の新築マンションの一室を買うと決めた二〇一八年初め、そのことを土門に伝えると、その年の三月に東京国際フォーラムで開かれるアートフェア東京に出展するので、見に来ないかと連絡してきた。土門はすでに、アートフェア東京に出すような駆け出しの作家ではなく、美術界全体の寵児となっていたが、ギャラリーとの兼ね合いでいくつか作品を出すようだった。

真希と成斗は特別に一般公開の前日に招かれた。その頃、土門は初めて会った頃の暗い夜空のような作品とは真逆の、光を放つ新しい作品の制作に取りかかっていた。

光の作品は三点あり、青めの色調のもの一点、黄色めの色調のもの二点だった。いずれも正方形の小窓くらいの大きさのもので、表面には吸盤のようなＬＥＤ電球がみっちりと詰まっていた。

それがどうやら不規則に動いているようだ。青めのものは空のように、黄色めのものは麦畑のようにも感じれらた。ぎっちりと詰まったLEDの背後には、土門お得意の点描もあるようだった。黄色い作品の光が弱まる時、偶然、背後にある砂のような点描画が浮いて見えた。

真希は人気《ひとけ》の少ない東京国際フォーラムの天にも届くような広大な天井を見やった。天空には、梯子のような通路が縦横無尽に走っている。ラファエル・ヴィニオリ設計のこの建物は、日本の建築家に批判されもしたことを知っているが、しかしこの天に架かる梯子のような通路を見ると、東京という街の、浮足立つようなパワーを感じることが出来て、埼玉から「上京」してきたかいがあったと思えるのだった。

この会場は、土門響の作品の射程の広さを迎え入れるのに、相応しい場所だった。

「どうして急に夜空のような作品から、こんな光の作品に転換したんですか？　何かあったんですか？」真希は思わず素人同然の質問をした。

「……っま、ま、ま、ま、前から……っこういうの作ろうと思って……っいたんです……でもっ……できなかった……っずっと……っできなかったんです」

「そうですか……前のもすごかったけど、光の作品もすごく素敵ですよ」真希は率直に感想を述べた。土門を前にすると、真希はいつもよりストレートになれた。人並みの感想だったが、こういう直球の言葉が、相手を勇気づけることもあるだろうと思われた。

「……っわ……っわ……っわたしが、しゃべれないのと……っおなじです……っできないものは、っできない……っこう……いうの……っずっと……っできなかったんです」土門はこの光の作品をつくる理由ではなく、つくれなかった理由を語った。そのことで、土門がこの作品を今まで本当につくりたかったうずくような気持ちが伺えた。土門の中でも、ここ数年でブレークスルーがあったのだろう。

これまでの紺色と銀色の夜空のような作品とはベクトルは正反対だったが、真希は、このギャラリーに飾られたいくつかの光の作品が、土門の今までの作品以上に完成度が高いことに感じ入った。

真希と成斗はどの作品に目をやるべきか、そして土門響がなぜここに自分たちを呼んだのか、さらに土門響のような売れっ子の作家の作品をもしや手に入れられるのか、半信半疑だった。すると土門が言った。

「……っ真希さんと……っ成斗さんには……っこの作品をお勧めします」土門は、真ん中の青めの色調の作品を指さした。そうしたら、その作品が急に青白い閃光を上げて、激しく光り、そしてライトが消えた。消えた透明なＬＥＤ電球の背後に、土門が打ったと思われる点描が天の川のように浮き立った。真希と成斗は、あの福島の星空を思い出した。

「……あ！……消えた……それに星！」真希が叫んだ。

「すぐ点きますよ」隣でサポートしていた土門の夫が、にこにこしながら、話しかけた。

「あ、ほんとだ、すごい」真希と成斗は声をそろえた。その作品は、また青空のように輝いたからだ。

しばらく一同は、作品に見惚れた。そして真希と成斗は購入のことを考えて、にわかに緊張してきた。口火を切ったのは意外にも成斗だった。

「……おいくらですか」成斗がおそるおそる訊いた。土門響と響の夫の双方を見つめた。

「…………」土門は黙っていたが、愛想のいい夫が、真剣な目で語りかけた。

「そちらで決めていただいて結構です」

これはすごいことだ、「付け値」でいいのか、真希はおののいた。これは土門がこの作品を、本気で自分たちに譲ろうとしていることを意味していた。

でもそんなこと、土門響ほどの作家になったら、数万円というわけにはいかなかった。それは友情にひびを入れることだろう。ただ土門夫妻は、真希と成斗が大学院生活冷めやらない駆け出しの大学教員であることも知っていた。真希が考えあぐねていると、成斗がめずらしく堂々と切り出した。

「一〇〇万円でいいですか」

真希は度肝を抜かれたが、確か成斗は数年前に、タダ同然のダイエットジムの株を数万円分買い、それが五十倍に値上がりしていたのだった。高校生の頃、太っていて減量した経験がある成斗は、スポーツジムやダイエット業界の株をチェックしていた。そしてしばらく前にはほとんど知られていなかったが、最近では低糖質ダイエットを売りに、テレビで盛んに宣伝するようになった会社があった。話によれば、それは過去一年で日本で最も値上がり率の高い銘柄だった。

「なるちゃん、大丈夫？」真希は思わず成斗の顔を覗き込んだ。すると成斗が自信をのぞかせて「大丈夫」と一言答えた。

土門響はぺこりと頷いた。そして響の夫もそれに合わせて頷いた。

「さっき、雷みたいに光りましたね」成斗はパトロンになった喜びもあり、嬉々として土門夫妻に語り掛けた。

「楽しみに見ていてください。予想外の時に光りますから」土門の夫が言った。

「なんか群馬の雷みたいで、すごくよかったです。私、群馬の出身なんです」成斗がめずらしく饒舌になった。そもそも成斗はあまり故郷の話をしなかったので、真希は正直驚いた。

「……っクラウド……ジャ、ジャーニーって言います」土門響は満を持してタイトルを告げた。

「《クラウドジャーニー》……雲の旅……素敵なタイトル！」真希と成斗は満面の笑みを浮かべた。

交渉は成立した。

成斗は周到にも小切手をその場に用意しており、そこに慣れた手つきで、¥1,000,000と書いた。

「そうだ、なるちゃんのお母さんは、お父さんが事故死したあと、銀行に契約社員として勤めていたんだ。なるちゃんもお金の扱いには慣れているのかもしれない」真希は成斗を尊敬のまなざしで見やった。

土門の夫は成斗がすぐにその場で支払ったことに少し驚いているようだったが、手ごたえを確かめるように会釈した。

「ありがとうございます。今、響本人から、領収書を差し上げます。作品のクレジットは、後日ご自宅にお送りします。《クラウドジャーニー》の設置は、来年、成斗さんと真希さんのマンションが出来上がったら、行うようにしましょう。重要な作業なので、響が直接伺って、設置します」

真希と成斗と土門の夫が三人で話している間、土門は領収書に《クラウドジャーニー》と書き込もうとしていたが、書きあぐねていた。真希は長年、土門と付き合っているが、土門が文字を書いている場面を見たことはなかった。そしてしゃべるだけでなく書くのにも困難をきたすのかと思い、土門のことを正直少し哀れに思った。すると土門の夫が言った。

「響は普段は鏡文字を書くんです」真希も成斗もびっくりした。

「え、かっこいい！　レオナルド・ダ・ヴィンチみたいじゃないですか！」真希は感激して叫んだ。

「本人は苦労しているんですよ」夫が響の肩をなでた。

「…………っ秘密です」土門響は、珍しく表情豊かに、ウィンクした。真希は土門がこんな表情も出来ることに驚いた。

「え、じゃあ、この書類も鏡文字で書いてください！」真希はねだった。成斗も激しく頷いた。

そうしたら、土門はすらすらと鏡文字で《クラウドジャーニー》と書いてみせた。

　感激はひとしおだった。ついに自分たちの家に芸術作品を導きいれる。美のある生活。しかも吃音で、鏡文字を書く、世間と隔絶している純粋なアーティストから作品を譲り受けるんだ。真希は普段は厭世的な思いが頭をもたげることも多々あったが、土門響の前ではとても前向きになれた。それは土門自身が、生きることにあまりに多くの摩擦を抱えているからにほかならなかった。土門が生きる様子を見ていると、彼女の琵琶のようなギターを聴いているかのような深い感慨を覚えた。

　真希と成斗は思わず手を握りしめあって、東京国際フォーラムのブースに架かる《クラウドジャーニー》を見つめた。

6

その晩、隠れるように土門の作品の値段がどれくらいするのか調べてみたが、実際には相場的に一点、四〇〇万円以上する作品のようだった。真希と成斗は、自らの不覚ぶりに冷や汗をたらした。いくら付け値でいいといったって、相場の四分の一で譲ってもらうなんて。しかも自分たちが思い切って出したと思ったお金が、ほとんど手付金程度にしかならないなんて、ちょっと愕然とした。しかし自分たちの財力では《クラウドジャーニー》に贖えない以上、土門夫妻にはただ感謝するしかなく、今後も友人として、彼らの力になっていこうとこころに誓った。

東京国際フォーラムに行った二〇一八年の三月――コロナが流行する二年前――真希と成斗は、建設中のマンションを購入するための、様々な手続きに追われていた。購入を検討してから初めて知ったことだが、新築のマンションに住むには、多くの手続きがいる。

資金計画のこと、ローン審査のこと、それに伴う真希の病歴の開示のこと、内装のカスタム化のこと、家具のこと、部屋の抽選、引越し業者の選定、保険の加入、登記簿のことなどさまざまだった。真希と成斗は、そのころ、週末ごとにいろいろなところに呼び出され、出かけて行っては多種多様な作業を行っていた。そうしてようやく、二〇一九年の六月ごろに新居に引っ越せるめどがついた。

まだ作品は土門夫妻の手元にある。マンションの入居の時期がだいたい決まってから、彼らと話し合って、《クラウドジャーニー》を新居に設置するのは、二〇一九年七月と決めた。真希と成斗が土門夫妻と出会ったのも七月。ちょうどいい頃だという話になった。

《クラウドジャーニー》っていうのか……真希は改めて自分が何を手に入れようとしているのかについて、マンションの何もないホワイトキューブを想像して、考えをめぐらせてみた。「クラウド……雲か……雲の旅か……」雲とはいったい何なのだろう？

雲とは不思議なものだ。いつも見ているけれど、触ることもできない。感触を味わうことも出来ない。でも私たちに様々な天気をもたらしてくれる。《クラウドジャーニー》が青く光ったように、激しい雷雨をもたらすときもあれば、この上なく優しい顔を見せてくれることもある。雲があるから、夢をもてるのかもしれない。雲があるから、恋ができるのかもしれない。一かゼロかという地球の星としての厳しさに、雲はあらゆる中間領域的なグラデーションを持ち込んでくれる。

雲は雰囲気であり、予兆である。私たちは雲を見ながら、遠くの人に思いを馳せる。雲はうるおいであり、媒質であり、太陽系の星々のピンとした宇宙空間の中に赦されたやわらかさ、あいまいさだった。この世に雲があることが、神の赦しなのかもしれなかった。そういえば、成斗に人生を信頼する強さのようなものがあるのも、空に雲があるから、漠然とした「神様」みたいな雲があるからかもしれなかった。

真希は当時住んでいた北浦和の借家の古びたリビングからベランダに出た。三月の春霞の空。でもこの空も、いずれ一年半を過ぎ、《クラウドジャーニー》がやってくる七月の熱い空に変わっていくんだ。真希は夏のことを思った。いくつもの先の季節のことを思った。かつて土門と出会った七月。ああ、たしか成斗に駅のホームでお父さんのことを訊いたのも七月だったな。真希は、古い借家から見える浦和の花火のことを思った。大宮に引っ越したら、ここから毎年見える花火は見えなくなるかもしれないけれど、きっと《クラウドジャーニー》の青い閃光が自分たちを迎えてくれるはずだ。

「ものすごいものを手にするんだな」真希は自分に今までにない自信がみなぎってくるのを感じた。「自分と成斗はこういう作品を手にできる人間なんだ……」真希は三月の何の変哲もない霞んだ空が、突如虹色に輝くような気持にさえなった。

しかし次の瞬間、同時に、生涯、あの作品を売らなくて済むだろうかという疑念もこころによぎった。不安定な身分だった真希と成斗は路頭に迷って、あの作品を売るはめになる姿も想像できた。四〇〇万だ、真希たちにとってはちょっとした金ではなかった。

真希は若い頃に陶芸家も志していた実母に、とんでもなく高価で優れた作品を相場よりずいぶん安く譲ってもらう旨を電話で報告した。母は「作品を付け値で買えるなんて、真希ちゃん、気に入られたのよ、値段なんて気にしないで、自信を持って」と言ってきた。それはそうだと真希のこころは落ち着き、もうおろおろしないとこころに誓った。そして生涯、もらった作品を売らなくて済むよう頑張っていこうと再び決意を固めた。

それから時は過ぎ、二〇一九年七月の初旬、真希と成斗は新居の新築マンションの暮らしに慣れてきた頃だった。最初は完全オートロックの玄関や、インターフォン越しの開錠、コンピューター管理された宅配ボックスの使い方などに戸惑ったが、次第に手慣れてきて、まるで昔から自分たちは富裕層であったかのような気にさえなってきた頃だった。でも新築マンションの白すぎる壁は物足りなく、《クラウドジャーニー》の到着が待たれた。

「……っ……っこんにちは」土門響は大宮の新築マンションに一人でやってきた。土門の夫はその日は用事があって来られないので、響ひとりで来たという。

確かに設置の際は、言葉は必要ないし、もとより真希と成斗は、土門の発話困難の中に、そのコミュニケーションの核心を見ていた。発話困難だからこそ、コミュニケーションが取れる。真希と成斗も、発話とは異なるものの、社会の様々な困難と摩擦に直面しており、どもりの土門響は同志のように思えた。

真希は《クラウドジャーニー》が届くその日、そんなに料理が得意なほうではなかったが、とっておきのサーモンパイを焼いて、成斗とともに土門を盛大にもてなした。土門はダンサーか劇団員のような痩せた鍛えられた体をしていたが、言葉もほとんど発せず、もりもり食べた。

その日、遅めの昼食を三人で摂り、午後の二時ごろを過ぎるあたりで、空が黒く、雷雲が立ち込めてきた。午前中は梅雨の晴れ間で、入道雲が空一面に広がり、強い夏の日差しが差し込んでいた。食事を終えた土門は、黒い雲が急に降りてきた中層階のマンションの壁をじっと見つめた。そしてしばらく穴のあくほど壁を凝視したあと、確信を持って一発で《クラウドジャーニー》を取りつけた。真希はその設置のバランス感覚に感服した。どう見ても、完璧な配置だった。

取り付けられた《クラウドジャーニー》は、リビング全体、そして隣の部屋から部屋に一気に新しい空気を導きいれた。真希は今までもやっと手に入れた新築マンションを自慢に思っていたが、いまにして思うと、元の空間は単に新しさを強調した、ただの無個性な箱だった。そこに土門の作品が入ると、青い空のような光が透明な空気をつくり、部屋の殺風景な白い壁と白い家具にその色彩が移ろって反映した。そして隣の洗面所の鏡にもそれが映った。

遠くで、午後の雷鳴が聞こえ始めた。今日は早い間に雷雨がありそうだ。この作品を迎え入れるのに相応しい日になった。

「土門さん……土門さんは鏡文字を書くけど、きっと土門さんは鏡の世界に生きているんでしょうね」今、鏡に映る土門と《クラウドジャーニー》を見て、そちらに向けて真希は話しかけた。深い感慨が胸に襲ってきた。

「……っ鏡の世界に生きるのも……ら、らくではありません」真希はその通りだなと思って頷いた。

「でもそれが土門さんなんですよ、かっこいい」真希は土門にも苦労があると思うが、羨望にも近い感情があることはどうにも否定できないと思い、率直に感想を述べた。成斗も隣で頷いた。

土門ははにかんで笑顔を見せた。その瞬間、窓から稲妻の光が空を切り裂いた。外は雷雲で真っ暗になっていた。

「響さん、ここで雷を見て帰りませんか。《クラウドジャーニー》を迎えるのに相応しい日になりましたね」

ものすごい雷鳴が、大宮の街全体に響き渡った。横殴りの雨粒の音もハイになったドラムのように響き渡った。

すると突然「作品を買ってくださって、ありがとうございます」と土門がものすごく流暢にしゃべった。その瞬間、土門の精悍な顔が、雷の閃光で青く光った。うっすら笑っているようにも見えた。

真希と成斗は思わず土門の顔を覗き込んだ。今までどもっていたのは、もしや演技だったのか。一瞬の沈黙が走った。

「わたし、雷の時は、なぜかよくしゃべれるんです……」土門のおかっぱ頭が、発話の空気で揺れた。

「え！　それはすごい!!」真希は叫び、成斗も首がもげるぐらい激しく頷いた。

「……だから、私、雷をいつも待っているんです」

「……すごい、すごすぎる！」真希はあまりに神秘的な話で、それしか言うことが出来なかった。

そして今、信じられない偶然の瞬間に立ち会えたことを神に感謝した。

外では凄まじい雷雨が縦にも横にも降っていた。数秒に一度、空全体を切り裂く青い閃光が走った。窓は雨粒でびしょびしょに濡れた。

「よかった、じゃあ今日、雷が来て」成斗が雷鳴と雨音で掻き消されないように、いつもになく大きくはっきりと喋った。

「はい、本当に」土門は頷いた。

「土門さんは大切な作品を、私たちにくださったんですね」真希は響の切れ長の目を見つめた。雷の閃光で瞳は青く光った。土門はあえて黙って目配せした。

「でも、どもっている土門さんも素敵ですよ」成斗が雷に掻き消されないよう、大きな声で言った。真希も頷いた。

「ありがとう」土門は笑った。

真希と成斗は土門がしゃべれることを知って、彼女は流暢になったらどんなことをしゃべるのか聞いてみたい気もした。しかしなんとなく黙っているほうがいい気がして、三人とも、ただ黙って雷雨を見続けた。土門は声を発しなかったが、しかしいつになくつやつやした照り輝く肌を見ると、彼女が雷と調和していることが分かった。土門は雨の中の紫陽花の花のように妖艶だった。真希と成斗は彼女をじっと見た。

そして雷は去っていった。

土門はその日の夕方、雨上がりの氷川の参道を通り、真希と成斗と一緒に散歩した。雨が止むと、土門は相変わらずの発話困難者に戻った。夏の盛りで水分を帯びた欅並木は、これ以上ないほど、青々とした緑で生い茂った。神社の朱色の門には「天皇陛下在位祝」の白い提灯が掲げられていた。この五月に平成と令和が切り替わったばかりだった。そして雨上がりの神社では、土門は真希と成斗と一緒に何やら祈り、帰って行った。真希はその祈り方を見て、土門は信心深い人だなと感じた。

二〇一九年七月にやってきた土門響の《クラウドジャーニー》は、真希と成斗の生活に彩りを与えていた。何よりあの日の雷雨の夢のような体験が、この作品を神聖なものにしていた。真希や成斗の家族や親友たちがたびたび休日に遊びに来ては《クラウドジャーニー》の気まぐれな空模様と、見えるか見えないかが運試しの雷光を待ちわびて、皆で宴を楽しんだ。それからたった半年ほどで、感染症の流行のためにそんなことができなくなるとは、まったく思いもしなかったし、もちろん真希は自分がその後、がんの宣告を受けるなど、思ってもみなかった。

真希は二〇一九年から二〇二〇年にかけての年月、なんともいえず勢いに乗っていた。学者としても教育者としても個人としても当たり年で、講演会、集中講義、原稿、学内の教育改革など、多忙ながらも楽しい日々をすごしていた。二〇二〇年の初めに土門の夫から届いたビジネスレターには、「真希さんは去年は八面六臂のご活躍でしたね」と書かれていた。《クラウドジャーニー》を手に入れた喜びも、よりいっそうの自信につながった。

そして成斗はというと、どういうわけか立て続けにくじを当てた。もともと成斗は几帳面な性格で、いろいろな懸賞にけなげに応募していた。真希は成斗のこういうまめまめしいところがかわいいと思っていた。そして二〇二〇年に入り、真希の出身地である横浜の球団株主感謝イベント、大宮鉄道博物館のナイトミュージアム、静岡県のゴルフのレディースオープンの観戦チケットを、成斗はすべて当てて見せた。

「すごい、なるちゃん！」真希は嬉しかったし、どれもとっておきのイベントなので、二人で行けることを楽しみにしていた。しかし真希は同時に、真希と同じく霊感の強い祖母が、くじに当たる時はろくなことがないと昔からよく言っていたことが少し気になっていた。

たしか、母がお年玉抽選会で、電子辞書を当てた年、高校三年生の真希は第一志望の東京大学に落ちた。しかしまあそれは実力がなかったからだ。真希は一抹の不安な気持ちを打ち消した。

7

二〇二〇年二月十日が来た。真希がさいたま新都心の大病院で精密検査を受ける日だ。その頃、まだ新型コロナに関しては、日本国内では、中国からのチャーター便の帰国者や、横浜に停泊していたクルーズ船「ダイヤモンド・プリンセス」の感染者のみが取りざたされ、市中感染に関してはほとんどリアリティのあるものとは考えられてはいなかった。その時点で日本国内の感染者も二六人で死者もいなかった。

ただし、あの楽観的なWHOが一月三十日には「国際的に懸念される公衆衛生上の緊急事態」という声明を出し、二月一日には日本国内でも「指定感染症」としての政令が施行された。

真希が精密検査を受ける頃は、CNNやBBCなどの国際メディアが、連日、クルーズ船の不手際を日本のワイドショー張りに放映していて、たまたま寄港した船がこんなことになるなんて、日本はつくづく運のない国だなと思った。そして「ダイヤモンド・プリンセス」なんてかわいらしい名前を付けた船で、こんな悲惨なことになってしまい、真希は中に乗っていた悪気のない有閑富裕層に同情した。真希の年老いた両親も、いつこういう船に乗っていてもおかしくない客層の人間だった。

真希は興味本位で、朝、少しテレビのニュースを見てから、初めて行く駅前の大病院に向かうことにした。テレビでセンセーショナルに告げられるニュースは、真希の病状を暗示しているかのようで不安に思ったが、だからこそ怖いもの見たさで見ることをやめられなかった。

病院は大宮の自宅から近い新都心にあったが、さいたま市で大病院と言えば、ほとんどここしかない。紹介状もなければ入れない敷居の高い病院で、乳がんの検査結果が心配なのは言うまでもないが、病院そのものの権威に対する緊張感もあった。

淡く青みを帯びたコンクリートとガラスで構築された、オフィスビルが建ち並ぶ新都心の駅前広場を通り過ぎ、新しく綺麗なクリーム色の建物に入ると、老若男女の患者が大量にいた。こんなに具合が悪い人がいるのか……若い人もけっこういる……真希は彼らの身を案じた。

「初診の予約を電話でした向坂です」真希は紹介状を見せた。

「はい、向坂さんですね。九時から診療ですので、三階の三十三番の乳腺受付に行ってください」

てきぱきとした受付の女性は、フロア中央のエスカレーターのほうを指さした。真希は巨大な病院の美しいエスカレーターを上った。ガラスでできた壁が光の反映で、少し虹色に輝いた。権威とお金が集まる場所は、ひどくキラキラしていた。

受付番号が書かれた紙を渡された真希は、診察室に近い待合に通された。外壁よりもいっそうクリーム色が濃くなったその部屋には、どこかで聴いたことのある音楽がかかっていた。そうだ、宮崎駿監督の『魔女の宅急便』だ。真希は、大学院の同級の女子学生が、「好きな映画はジブリです」というお見合い相手をアホだと馬鹿にして断った話を思い出した。その時は笑い話でしかなかったが、今、こうして自分の命にかかわる緊張感に晒された状態で聴くと、思わず胸が熱くなった。

たしか魔女修行の女の子が、独立するのにいろいろ苦労する話だったっけ。真希は、世界のあらゆる女の人の苦労を思い浮かべた。成斗が亭主然としていないので、真希は女性としての苦労のようなものはほとんど経験したことがなかったが、世の中の多くの女の人は、男の人よりもいっぱい家事をし、子どもを産み、育て、時に虐げられ、そしてこんなおっぱいのせいで、がんにまでなるのかと途方にくれた。

真希のまわりに座って待っている人たちは、真希より年配の人が多かったが、皆、人生のクライマックスのように緊張している様子に見えた。夫に付き添われている人たちもいた。「ああ、そうだよね、不安だよね、一人で来るのは」真希は急に心細くなった。そして緊迫感のある女の人たちに囲まれ、自分もついに女の人の仲間入りをしたのかもしれないと思った。病院の新しさと綺麗さ、そして塵ひとつないフロアが、いっそう、緊張感を掻き立てた。この病院は綺麗すぎて取りつく島がない。

真希は二〇二〇年一月から長い時間をかけてこの大病院まで送り込まれたので、すぐさまMRIの検査をしてもらえるものと思っていたが、事はそう簡単ではなかった。和やかな雰囲気の女性研修医と先輩の男性医師が対応した。二人とも軽いジョークをとばし、こちらを安心させ、不自然なくらい感じのいいナイスガイたちだった。

「ナイスガイ」――真希はそれ以上のことは思わなかった。自分は重病患者がしばしばそうであるように、医者や医療従事者に信仰にも近いよすがを求めたことはなかった。真希は重病に見舞われた経験を過去にいくつももつが、それは真希が思うところによれば、自分の問題だった。もっと言うならば、自分の霊的な問題であり、霊的な使命だった。

だから魂の問題が本質的に解消されれば、病気にはならないと心の奥では信じていた。結局、病気の真の原因は真希の存在の深いところにあり、医療がそこに介入することに真希は期待していなかった。真希は今回の乳がんの件も、自分との勝負だと思っていた。だから真希は、医者にも看護師にも、ナイスガイ以上のものは求めなかった。

ただ男性医師の方には少し陰があると真希は思った。真希のように霊感が鋭くなければ、そんなことに気づく人はいないかもしれない。しかしその陰の存在が、今回の病気の行く末をかすかに暗示しているようにも思われて、少し不安になった。真希はそれを必死で打ち消し、今回は絶対前回の膠原病の時のようにはならないと自分に言い聞かせた。

「今日はマンモグラフィとエコーをしてもらいます」と研修医は真希の必死の葛藤をよそに、慣れない感じでういういしく告げた。

「マンモとエコーは別の病院でもうやったんですけど」これ以上結果を待たされるのはたまらないと思って、真希は不満をこぼしたが、後ろの男性医師がすかさず隙のない説明をした。

「乳腺の状態は常に変化するので、最新の状態を撮ります。MRIは特殊な場合だけします。あとうちのマンモグラフィは輪切りになるので、一般病院とは違いますから」

「……そうですか」真希は仕方なく応じた。

再び待合に通されると、そこではある一定数の女性たちが、廊下を挟んで診察室の向かいにある、別室に通されていることがわかった。自分の隣の宮本信子似の女性も、真希が待合にいる間に、緊張した面持ちでその別室に入っていった。別室の扉は、周囲のクリーム色の壁には少し馴染まず、淡いけれども不自然に紫色だった。あそこでは何が行われているんだろう、真希は自分はあそこの紫色の部屋には呼ばれないで帰れるだろうかと不安に思った。

そうこうしているうちに、地階の放射線室に行くよう、連絡が入った。大病院だからえらく待たされるかと思ったが、案外早く事は進み、「輪切りになる」というマンモグラフィも体験することになった。マンモグラフィ、つまり乳房のレントゲンは、ある一定の年齢を超えた女性なら、ほとんど誰もが体験したことがあると思うが、胸が圧迫されて、ひどく痛い。最近では女性の医療に痛みが伴いすぎることに対する批判も多い。「輪切りになるマンモ」は、さらに圧迫している時間が通常のものより長いため、「気持ち悪くなったら手を上げてください」と技師に言われるほどの痛いものだった。今後あるかもしれない女性医療の改善は、真希の診療には間に合わなかった。

結果は——予感はしていたのだが、やはりクロだった。実際、右胸に一センチくらいのしこりと、五ミリくらいのしこりが二か所あった。

「ここところにしこりがありますね。小さいですが、気になるところが二カ所あります」女性研修医はもういなくなっていて、男性医師だけになっていた。

「はあ、そうですか」真希は乳腺の束に浮かぶ特殊な陰影を画像で見せられ、反論できるはずもなかった。

「では二月二十七日にＭＲＩと組織検査をしましょう」さっき医師は「ＭＲＩは特殊な場合」と言っていたが、自分がこう簡単に「特殊な場合」に入れられるんだと、絶望的な気持ちになった。

そして診察室を出ると、さっきの宮本信子似の女性も通されていた紫色の別室へ案内された。ああ、自分もついにここに来てしまった。

その別室では、肝っ玉母さんみたいな雰囲気の看護師が、てきぱきと必要事項を確認していった。MRIでは造影剤を注射するので、真希は膠原病の病歴があり尿検査を受けてからしか診断の可否を判定されないこと、閉所恐怖症では検査はできないこと、吸引式のがんの組織検査は、胸に穴をあけて細胞を取るため、しばらく重い荷物が持てないことなどである。

検査をするとなると様々な「同意書」が必要になるが、これらの不具合を理由に検査を断ることはできない。結局前に進むしかなく、最終診断はさらに先送りになったことに気が重くなって、真希は家に帰った。

真希は四十二歳の死のカルマを常にこころの片隅に置いていたが、実際のがんの検査は、進みがあまりに遅く、行ったり来たりで、そういうきっぱりとした宿命のようなものを忘れさせた。ああ、自分の運命は《クラウドジャーニー》のように、きっぱりはっきりしていないのだろうか。自分はあの作品を持つに値していないのだろうか、そんなことが思われた。

真希は膠原病で入院していた時、「死にたい」という言葉をいつも思い浮かべていたことがふと思い出された。霊媒に四十二歳で死ぬと言われてから、最初は死ぬのは今じゃないと嬉しかったが、闘病がつらく絶望的な気持ちになり、しばしば「死にたい」という言葉が頭に浮かんだ。

実際に口に出すと周りは心配するので、ただこころの中で「死にたい、死にたい」と繰り返すのだった。真希は、あの時のことを改めて思い出した。

「ああ、私はあの時、自分の人生を呪ってしまったのかもしれない。あの時、私は自分の人生を腐らせてしまったのかもしれない。あの時、あんな言葉を発さなければ、あんな祈りをしなければ、今、こんな苦労をしていないのかもしれない……」

真希に急激に不安が襲ってきた。「死んでもいいなんて、嘘だ。今、死んだら幸せかもしれないなんて、嘘だ。私はまだ死にたくない、成斗とまだ一緒に生きていきたい、まだ死にたくなんかないんだ」真希は自分の呪いの言葉を打ち消そうと、両手で頬を叩いて活を入れた。

病院からの帰り道、真希がいろいろなことを考えながら、大宮駅前の商店街を歩いていると、自宅の居間にある《クラウドジャーニー》のことがまた思い出された。新築の壁に、雲が浮かぶ美しい青空を穿ってくれるあの作品を思った。あの作品は、真希に「自分は特別だ」という気持ちを与えてくれるものだった。「自分は、あんな作品を手に入れたんだから、特別だ」「きっと選ばれた人間なんだ」「あの作品はきっと私を助けてくれるはずだ」……真希は折れそうなこころに檄を飛ばした。

《クラウドジャーニー》は夏の空のように強く明るい。真希もそうありたい、自分は世の中の他の女性たちのように、いつも待っていて、常に受け身な人間ではいたくない、自分は違うんだ、そう思いたかった。自ら雷をおこすくらいに荒ぶり、そして勝手に休み、また忘れたように青く輝く。そうありたいと強く願った。

そしてこころの中に輝く《クラウドジャーニー》からこぼれる青と緑と紫の光から、向こうを見渡そうとした。しかし真希の想像の中でも、その光は明るすぎて、向こう側は見えなかった。《クラウドジャーニー》が輝きすぎて、外を、未来を見通すことはできなかった。

あの作品が導き出す未来はどんな未来なんだろう？　どもりの土門響はどんな未来を思い描いて、あの作品をつくったんだろう？　雷でどもりが消える瞬間、彼女は何を思うのだろう？　真希は大宮駅前の路地裏から見える、狭い冬の空を見やった。まだ夏の気配は遠く感じられる弱い光の空だった。

小さな古い店がひしめき合う商店街には、人がコロナ以前よりは少なくなっていた。そして赤く着色されたコンクリートの道路にはいくらか得体のしれないゴミや土埃も散っていた。近くのオフィス街と同じように、ここにも黒いガムの捨てカスがまだらな水玉模様をつくっていた。その猥雑な路地のビルからわずかに見えるピンと澄んだまだ力の弱い二月の青空には、小さな白い雲が幾筋かあるだけだった。

8

「やっぱりしこりがあるの」家に帰って、真希は成斗に説明した。そして持っていた白いリュックを床にバンと無造作に投げた。真希は家族も含め、あまり人前で機嫌が悪くなることはなかったが、しこりを視覚的にはっきりと見せられて、むしゃくしゃした気持ちになっていた。

「そうか、じゃあもしもの時の治療の準備も考えて、こころを落ち着かせていこう」成斗はこういう時、強いな、と真希は思った。やはり家族の死をかつて経験したことがある人は、何かがあった時、簡単には崩れないと思った。

二月の半ばから末にかけて、新型コロナの日本での状況は、だんだん不穏なものになってきていた。まだ日本では武漢からのチャーター便とダイヤモンド・プリンセスが主な関心事であったものの、客船の乗客に死者が出るようになり、一気に緊迫感が高まった。

ダイヤモンド・プリンセスの感染者はすでに数百人を超えていた。当初、香港で下船したたった一人の感染者がいただけなのに、こんなにも感染が広まってしまうとは。なんて感染力の強いウイルスなのかと驚愕すると同時に、日本政府のやり方はやはり失敗なのか、日本は二流国なのかという思いが頭をもたげ、真希は国粋主義でもなんでもないのに、悲しい気持ちになった。コロナの消滅とともに、自分のがんもなくなるのではないかという淡い期待を持っていたが、その期待は見事に突き崩されていた。

真希がテレビのインタビューなどを見て、しばしば思うのは、人は不幸のさなかには、ほとんど悲痛な顔をしないということだった。台風や地震ですべてを失った人、そして今だったら、コロナのために客船の上で隔離されている人たちが、インタビュー中に泣くことはなかった。自分だったら、あんな船で何週間も隔離されたら、狂って船から飛び降りるかもしれない。

しかしむしろそうした人は、たいてい「笑顔」を見せてインタビューに答えることがあたりまえだった。これは海外のニュースなどを見ても分かるように、日本人に特有というより、人類に特有の防衛本能のようなものだった。真希もまた、胸のしこりを見せつけられ、引くに引けない状況に追い込まれていたが、不思議と涙が出ることはなかった。

二月も日が経ってくると、真希も成斗も在宅勤務が増えてきた。お互いの大学の上層部から職場にあまり来ないようにと、通達が来るようになった。真希は正直、それが幸せだった。

よく旦那は家にいないほうがいいという女性がいるが、真希にはほとんど理解できなかった。このコロナ禍で真希の唯一の喜びは、成斗が在宅勤務で家にいることだった。ふだんは成斗の帰りが仕事で遅いと、飼い主に待たされた猫のように、こころがやさぐれた。浮気を疑っているとか、そんな表層的なことではなかった。いないとただ寂しかった。それだけだった。

今年、成斗がくじで当てた数々のイベントは、結局、次々と中止になった。球団の株主感謝イベントが中止になり、真希は憧れの女社長の話が聞けなくなるのを残念に思った。そしてナイトミュージアム、ゴルフとみな中止になってしまった。でも真希は、家で成斗と一緒に居られることが幸せだった。

二〇二〇年二月二十一日、真希は知り合いから鑑賞券をもらって東京オペラシティアートギャラリーの白髪一雄展を見に行くことにした。ダイヤモンド・プリンセスの乗客の下船も数日前から始まっていた。肺炎の感染に対する懸念が全国的に本気の広がりを見せる中、真希も感染を恐れてあまり出かけたくない気持ちもあったが、具体美術協会のメンバーだった白髪一雄は、真希が授業でも取り上げるお気に入りのアーティストだった。

オペラシティは真希が気に入っている文化施設の一つだ。新宿から京王新線に乗り換えるのが面倒ではあったが、美術館、コンサートホール、レストラン、そのすべてが好きだった。美術館は肺炎の感染への恐怖からか、がらがらだった。ただその時は、いくら空いているからといって、一週間後に日本のほとんどの美術館が閉鎖されるなんて、真希は思ってもみなかった。

「フットペインティング」という足で描く抽象画をその活動の核心としていた白髪一雄の作品の実物を、真希は実は今まで目の前で見たことがなかった。天井から釣り下がる紐につかまって、ターザンのように描く白髪の写真によって、真希は白髪が、何か陽気な画家であると勘違いしていた。

しかし今回、オペラシティでその多くの作品に囲まれ、予想に反してそれらが激しく重いものであることが分かった。一言でいえば、強烈なエネルギーを持った血反吐を見ているような気がしたのだ。真希は、白髪の絵というよりも、その生きた足跡を前にし、世の中にあるネガティブと思われているもの、死、恐怖、暴力、憎悪、苦悩、汚物、嫉妬、発狂などに思いを馳せた。そういうネガティブなものは、白髪一雄の作品の中で、多大な生命力とエネルギーを放っていた。

真希は土門響のことを思い出していた。土門は星空や青空のような冷たく深遠な作品をつくるが、その土門という生命体自体は、あまりに世間との摩擦を抱え、存在が擦り切れそうな悲鳴をあげていた。土門は自分と同じように、死にたいと思ったことがあるのだろうか。真希はなぜあの七月の晩、土門と出会ったのだろう。土門はなぜ、私たちに《クラウドジャーニー》を手渡そうと思ったのだろう。そして真希は自分が十年以上前に、なぜ膠原病になったのか、そして今、なぜがんの危険におかされているのかを考えた。

膠原病とがんは——膠原病は自己免疫疾患であり、がんは細胞の異常増殖であるが——真希にとって、それらは究極的には自死願望だった。思えば真希は、膠原病になるずっと前、小さい頃からひどく、「死」というものに執着していた。

小学生の時、真希は初めて「死」という漢字を学校で習った。そしてその妖艶な魅力に取り憑かれた。真希はその時、教室の前の方の席で、頭を机にうなだれて、ノートの片隅に、習ったばかりの「死」という漢字を書き連ねた。

心配した先生が、「真希ちゃん、大丈夫？　上手だけど、もうそんなに書かないでいいわよ」と言ってきた。思えば、その頃から、将来命にかかわる膠原病になることは予期されていたのかもしれない。四十二歳の早死の物語も用意されていたのかもしれない。土門響という特異なアーティストとの係わりも、そんな悪魔的な呪詛からもたらされた可能性もある。

そしてここ最近では、そういう「死にたい」という気持ちは、「死ぬのではないか」という恐怖に変化し、それが頭をもたげるようになっていた。ちょうど腫瘍が見つかる直前の数カ月、電車の線路に落ちるのが恐くて、狭い新橋駅のホームを歩けなかったり、包丁を見ると惨殺現場を思い浮かべて苦しかったりする時期があった。

四十二歳のカルマのことを思い出したのはそのあとだが、四十二歳で死ぬことは一種の自己充足かもしれなかった。真希は死への渇望、その強いエネルギーを、欲しているのかもしれない。この白髪一雄の作品のような激しく破壊される世界を、世のすべてが焼尽しつくす世界を渇望しているのかもしれない。土門響の雷のように、いったんすべてを終わらせたいと思っているのかもしれない。

もし真希がそれでも生きたいと願うなら、苦労のかさむ終末論的なこの世の中で、まだ成斗と一緒に生きていきたいと願うならば、それは病気に克つというより、自分の欲望に打ち克つことだと自覚した。

二〇二〇年二月二十五日。日本国内の新型コロナ感染者は一三九人と伝えられた。それとは別に、ダイヤモンド・プリンセスでの死者が四人となった。その頃から、これは人から人へと伝染するし、死者が出る病であることが否定できなくなってきた。一時期のテレビや新聞での楽観的なコメントは一気になりをひそめ、世論は一気に悲観的な論調に舵を切り出した。

この日あたりから日本では「クラスター対策班」なるグループが政府の感染対策の基本方針で登場し、感染を引き起こした集団から可能性を潰していく方策をとるようになった。

アメリカではまだ対岸の火事であったが、株価は一〇〇〇ドル下がった。日本もいつものごとく追随して一〇〇〇円下がった。なんでもそうだが、実際に何かが悪い状態にある時よりも、悪い状況を予期する時のほうが、より恐怖は強い。

その半年ほど前、日本では真希と成斗と同世代である就職氷河期の就労支援を政府主導で始めると発表されたばかりだった。「それにしても就職氷河期世代は運がない。せっかく国を挙げての救済策が提示されてきたのに、この肺炎ショックで帳消しになるのではないか」真希は学者の世界では氷河期世代支援など関係ないと思いつつも、同世代の動向には只ならぬ関心を抱いていた。

真希は確かに数々の困難に見舞われてきたが、自分が不幸とは思ったことはなかった。しかしダイヤモンド・プリンセスのことも、就職氷河期世代のことも、不運としか言いようがなく、自分もそういう悪いカルマを背負っているのだろうか、自分は今まで、何か悪いことをしてきただろうか、私たちの世代は悪いことをしてきたのだろうか、と自問せざるをえなかった。そしてそういえば土門響も同じ歳だったと思い出した。

しかしそういう自問自体が、今まで苦労してきたことの証左であることも分かっていた。真希はこういう国家的、世代的な重圧に加えて、自分はがんかもしれないという可能性の中で、生きる道を模索せざるをえなかった。「私には明るい未来はあるのだろうか?」と途方に暮れた。

真希は、世界がこんな風に下降線を描いていた時、なぜだか分からないが、お気に入りの腕時計と、成斗からもらった漆塗りの水筒をなくしてしまった。どこで落としてきたのか、家の中でなくしてしまったのか、まったく見当がつかない。疲れていて、ぼうっとしていたのだろうか。学校、警察、駅に電話し、家の中も散々探したが見つからなかった。

水筒は成斗がいつだかの結婚記念日に買ってくれたもので、夫婦円満の千鳥が黒塗りの漆に金箔で描かれた美しいものだった。会議の時に持っていくと、よく同僚の先生が褒めてくれた。そして時計のほうは、真希自身が数年前に自分のために買ったものだが、けっこう値の張るセイコーの時計で、真希と成斗が家を探し始めた頃に気分を一新しようと手に入れたお気に入りの時計だった。

なぜこんな大切なものをなくしてしまうんだろう、真希はこころにぽっかりと穴があいた気がした。何より、自分が肌身離さず身に着けていたものを失うことにより、自分の命も終わってしまうのではないかと不安に思った。

コロナもがんの不安も、一向に払しょくできないことに、真希は苛立った。でもどうすることもできなかった。

成斗はこの日、夕飯を作ってくれるということで、買い物をしてきた。真希が元気な時は、真希のほうが大学の雑用が少ないため、食事などを作ることが多かったが、一連のがんの検査に絡めとられてから、成斗が夕飯の支度をしてくれることが増えていた。

成斗はその日、どういうわけか、ソーセージやベーコンを大量に買い込んできた。「私、料理があんまり上手じゃないから、こういうものたくさん買っちゃって」成斗は真希の前でも自分のことを「私」と言う。そして「まあWHOは加工肉食べるとがんになるって言うけど、あんなのただのマッチポンプだから」と成斗は彼のいつもの調子で、世の中の権威を斜に構えて批判してみせた。

真希は黙りこくった。成斗が真希に、今、この苦境にある時に、ソーセージやベーコンをたくさん食べさせるのかと思うと、やるせなくなって、涙ぐんだ。なんてひどいことをするのだろう。いくら国際組織のマッチポンプとはいえ、真希は今、こんなに弱気になっている時、がんになるわずかな可能性も排除したかった。

成斗はその様子を見て、目を泳がせて、沈黙した。真希は成斗を潤んだ目で見つめた。「私が怖いの分からないの？……そんなのただのエセ科学だって分かってても、怖いの。健康な成斗にはこんな気持ち分からないから」真希は必死で涙をこらえた。

成斗は黙って真っ赤なソーセージとベーコンをゴミ箱に捨てた。真希は情けなかった。自分がWHOなんてコロナもろくに抑え込めない二流の行政組織の言うことに惑わされて、成斗に食肉を捨てるという罪過まで背負わせて情けなかった。

自分はこういうことをしないために、今まで学問をしてきたのではないのか。真希は「ごめん」と言いたかったが、言うと涙が溢れそうなので、黙っていた。

「ごめんね。変なことして。もういいから……真希ちゃんは気にしないでいいから……」成斗は真希をなだめた。

命が惜しくないなんて、嘘だった。真希は自分が弱い人間であることを思い知らされた。人間なんて弱い存在なんだと必死で思い込もうとしても、自らを納得させることはできなかった。自分は成斗を苦しめている。「鉄の女」を、「学問する女」を、「稼ぐ女」を、「輝く女」を、真希は自ら毀損した。こんなちっぽけなことでごちゃごちゃ言う、面倒くさい女に成り下がっている。それが何より苦しかった。

その時、居間に輝く《クラウドジャーニー》が突然青い閃光を発して消えた。部屋が真っ暗になった。ここ最近見ていない光景だった。ああ私の命も消えてしまうのだろうか、土門響は私を殺すためにこの作品をくれたのだろうか、実は彼女はすべてを知っているのではないか……そんな思いが頭をかすめて、真希は必死で打ち消した。

9

二〇二〇年二月二十七日はＭＲＩと患部の組織検査を受ける日だ。この日、新型コロナの感染急増で、政府は全国の学校に臨時休校を要請した。また全国的なイベントなどに関しても、大規模感染リスクを勘案して、中止・延期が要請された。世界株安の連鎖、トイレット・ペーパーの品切れ……いいニュースはなかった。

乳がんの検査は一月半ばから始まり、二月の末になり、ようやく組織検査の段階までたどりつくことが出来た。診断を下すだけでも一苦労だった。しこりがあることはもう分かっていた。そしてそれが何なのか、今日の組織検査で分かる。自分の病状とコロナの状況を自然とシンクロさせていた真希は、暗い気持ちになった。ああやっぱり、だめかもしれない。

この日の朝、真希の母からメールがあった。「もうまな板の鯉だから、覚悟を決めて行きなさい。真希ちゃんは今までがんばってきたから、神様も仏様もきっと見ていてくださいます」

真希は病院に行く前、不安になって母に電話した。真希の母は、世の時流より早く「褒めて育てる教育」をしていたことをかねてから自慢に思っていた。母は人生のあらゆる局面で、常にポジティブな言葉をかけた。真希は母の発破で、人生の競争に打ち勝ってきたことも多かった。真希の大学学部時代の臨床心理学の教授が、困ったときには甘い言葉をかけてくれる人のところに相談しに行きなさい、そうすれば助けてもらえるから、と授業で言っていたことを思い出し、真希は誰よりもまず母に連絡した。

「ママ、真希だけど」

「ああ、真希ちゃん、大変だけどがんばって！　神様も仏様も、真希ちゃんのことをきっと守っていてくださるから」

「……うん」

「どうしたの、真希ちゃんらしくないじゃない、元気だして」

「……なんかさ、こんなこと言うの、なんなんだけど、昔膠原病で入院してた時の脳腫瘍の人のこと思い出しちゃって」

「え、そんな人いた？　ママ、思い出せないけど」

「その人、死んじゃったの」

「そんなこと、真希ちゃんには関係ないでしょ！」

「私、その人みたいになりたいって、すごく思ってたの。その時、本当にそうなりたいって、すごく思ってたの」

「何言ってるの！　縁起でもない！　真希ちゃんはそんな気味悪い子じゃないわよ。ママなんて、そんなこと全然覚えてないわよ。そんなこと忘れなさい！」母はこれ以上ないくらいまくし立てた。「いやあね、そんなこと思い出すなんて、お塩でお祓いしなさい！　病院には光ものつけていって！　キラキラしたアクセサリーつけて行きなさい！」

「……」

「真希ちゃんは命運《いのちうん》のある子なんだから、真希ちゃんは運の強い子なんだから!!　真希ちゃんは昔から元気で明るい子なんだから、絶対大丈夫!!」

真希は叱咤激励されて、さらに不安になって、電話を切った。

乳腺外科の待合には、例の『魔女の宅急便』の音楽がかかっていた。

ＭＲＩは強力な磁力の中で行う検査で、仕組みはよく分からないが、カンカンカンという強い音が検査のあいだじゅう、響き渡る。真っ暗な中、耳栓をして長時間やるので、精神的にこたえる。

真希は閉所恐怖症ではなかったが、がんの可能性を知りつつ、四十二歳のカルマの重圧の中で暗闇に放り込まれるのは、相当なプレッシャーがあった。この検査を無事乗り越えられたのは、過去の膠原病の診断の時にこの検査を受けたことがあったからだった。あの頃は人生で最も暗い時期で、原因不明の病におかされ、MRIもなんだか分からず受けた覚えがある。あの時はなんで自分がこんな目に遭っているのだろうと、なかば茫然としながら横たわってカンカンカンという音を聴いていた。

今回も前回と同じように造影剤を打って、しばらくして検査となった。病院の地下深くにあるMRIの検査室は、予約でしか入れないため、人もまばらだった。中年のごつい顔の女性看護師が造影剤を腕に打ってくれて、待っている間にペットボトルの水をくれた。その水にはピンクの富士山の絵が描いてあった。

「不治」か「不死」か、真希は余計なことを考えた。ここに来た病気の人たちは、私と同じように皆、不安を抱えているのだろう。

MRIはあいかわらずカンカンカンと強い音を立てた。十年以上前、こんな経験は何の役にも立たないと思ったし、実際、その後の人生でしばらくはそれが生かされることはなかった。しかし、今こうして再び病魔らしきものに襲われてみて、初めてあの時の経験が生きていることがわかった。

あの時の経験がなければ、今、こんな重い気持ちを支えきれないのではないか。人生はいつも調子がいいとは限らない。カンカンカンという音が、骨の髄まで響いたが、真希は体の中に、その音楽を染み渡らせて、もう流れに身を委ねようと落ち着いた気持ちになった。

午前中でMRIを終えて、午後は診断と組織検査だった。気さくだけれど、少し顔に陰のある若い男性医師が、妙に明るい調子で説明した。この病院の乳腺外科の医師たちは、深刻にならないように努めて明るい態度を取っていた。別の診察室からは笑い声も聞こえる。

「やっぱり前回見たしこりがありますね、二カ所です。一センチくらいのやつと、五ミリくらいのやつ。小さい方はがんじゃない可能性も高いです。そう膠原病の人は脂肪腫もよくできるからね、まあでも念のため、両方とも組織をとっておきましょう」

真希は別室に通された。そこではエコーを見ながら、医師が組織を太い針で吸引していく。真希の右の乳房にも、麻酔が打たれた。

「痛くないよね」医師は軽やかに尋ねた。

「はい、大丈夫です」真希も努めて明るく答えた。

「この機械ね、古い携帯電話みたいだけど、よくできた機械だから」医師は本当にアメリカ陸軍が大昔に使っていた携帯電話のような大きな箱に、太くて長い針が出た機械を取り出した。

「こんなに太い針さすんですね」真希はちょっと気が遠くなった。

「ごめんなさいね、ローテクで」医師は終始あまりに軽快に答えた。

「大きい方のしこりはすぐ取れるんだけど、この五ミリ以下のほうは取れるかなあ、小さすぎてきついなあ」医師の言葉は本気か冗談か分からなかったが、自分はこの小さい組織をちゃんと取れるという自信を言葉の端々にみなぎらせていた。

「……なんか、取れた感じですよ！」しばらくして医師は格闘の末、嬉しさをはじけさせた。この若くて好感が持ててしかも顔に陰のある医師が、明るくふるまっているのは、真希を勇気づけようとしているのか、それとも本当にこれががんではなく、脂肪腫だと思っているのかはよく分からなかった。

「これ、がんだったら手術なんですか？」真希は事の核心を尋ねた。

「そうだね、手術だね」医師はひどく冷静に答えた。

「手術だったら、春休み中にしたいです。私、大学教員なんで」

「あ、そうなんだ。大丈夫だよ。次回来た時、また相談しましょう。でも今、大変でしょ。大学なんて、コロナで。まあ病院のほうがやばいけどね」医師はすかさず冗談を言った。

「そうなんです、四月に大学が予定通り始まるか分かりませんけど」真希はそんなことを言いながら、組織検査の結果が出る三月九日に次の予約を入れた。ついに、三月九日に結果が分かる……

その夜、真希は夢を見た。真希の父と母がパジャマ姿でソファに座っていた。二人ともまだ若かった。

「まあパパにとっては、おっぱいはお尻の代わりだな。パパはお尻のほうが好きだな。特にお尻の穴がね」真希の父は、絵心がないタイプの会社員だったが、黒板に綺麗な貴婦人のような美女を描いて見せた。下半身がレースで彩られていて、床まで着くような立派なスカートだった。

「あら、パパ！　パパはママのおっぱいが好きだって言ってたじゃない」大きな乳房をゆらしながら、真希の母は対抗した。

「パパは大人の男だから、もう乳房はいらないよ」父は得意げに答えた。知らないうちに明治の軍人のような黒い軍服姿になっていた父に、大きな胸の母が割って入った。母はいつのまにか裸になっている。ふくよかに贅肉がついた体は堂々としていた。陰毛が黒く、豊かに生えている。

「あら、違うわよ。あなたはまだ子どもじゃない。おちんちんにだって、毛が生えていないの、ママが知ってるわ。あなただけじゃなく、みんな子どもなのよ。世の中のみんなが子どもなのよ。だからママはみんなのママで、私はみんなの美なのよ」

「び？」父は怪訝そうに尋ねた。

「そう……っ美、美、美」母は急にどもりだした。

そしていつのまにか、真希の母の顔は、切れ長の目をした土門響の顔になっていた。土門は裸だった。鍛えられた精悍な体つきに、妙に大きな乳房がくっついていた。

真希ははっとして、目が覚めた。背中に少し、冷や汗をかいていた。「ああ、ママが土門響になるなんて。でも土門もそう言われてみれば、母だった。土門の娘は、今頃どうしているだろう。大きくなったのだろうか。福島で会って以来、土門は娘を見せてくれてはいない。あのよどみなくしゃべった小さな娘はどうしているだろう。あの娘は土門の乳房を吸って育ったのだろうか」

そんなことが急に想像され、しかしそれは自分には考えてはいけないことのように思われて、必死で別のことを考えようとした。すると福島の底知れない夜空が思い出された。これも真希には踏み込めない領域のようで、宇宙に吸い込まれるような恐怖を覚えた。

10

真希は妙な夢を見たその日、気分を変えようと大宮駅構内の花屋に桜の枝を買いに行った。啓翁桜という少し早咲きの桜で、店員の説明によると、花びらが散らない桜ということだった。四十二歳のカルマのことはあるが、しかしがんとしては、巨大ということもないし、真希は粘り強くいこうとひとまず気を取り直した。

二〇二〇年も三月になろうとしていた。この時期、お花見が例年通りにはできない可能性が出てきて、氷川参道や大宮公園に毎年連なる屋台なども今年は出ないようだった。そして年度末、卒業式などのセレモニーがのきなみ中止になるというニュースが入ってきていた。花屋の収益が落ちていることも話題になり、桜の枝はささやかながら、そうした業界へのサポートでもあった。

大宮駅から自宅マンションまでの道のりは、コロナ以前であったらお洒落な飲食店やブティック、美容室などが建ち並ぶ、皆の憧れの街並みだった。それが今や閑散として、閉じている店もちらほらと見受けられた。商店が休業になる、閉店になる、それは店主にとってはとんでもなく大きな苦難だろう。とりわけ真希が住む街は、チェーン店ではない店も多かった。自分の店を閉じること、そんなことが自分の人生に起こったらどうなってしまうだろうと、真希は思わず想像して、背筋がぞくっとするのを感じた。しかし真希はそういう経験を自分がすることも、知人がしているのを目の当たりにすることも、今のところまだなかった。

父親が大企業のサラリーマンだったために資金的後ろ盾があり、中高一貫の私立進学校に通っていた真希には、飲食業界の知り合いなどいなかった。公立の小学校に通っていた時は、同級生に魚屋、ケーキ屋、畳屋のような自営業の人はたくさんいたし、そういう人たちがその頃、真希のようなサラリーマン家庭の人間を敬遠することもなかった。真希は彼らと仲良くやっていたし、自分が彼らと違う人間だとは思ったこともなかった。しかし今、彼らのような友達は一人もいなくなってしまった。真希は自分が住んでいる世界が、ひどくゆがんでいることに、一抹の良心の呵責を覚えた。

氷川神社がある大宮は発展しつつある街だ。街にはたくさんのビルがひしめき合い、若い人も多い。そして真希や成斗のようにまだこの街に来たばかりの人間でも、関係なく受け入れてくれた。もとよりこの街は、日本の様々な地方から来た人々の寄せ集めだった。真希の住む新築マンションも、隣近所はどこから来たのか全く分からない人々だった。真希と成斗のマンションの周辺には、さらに別の数多くのマンションも乱立していた。

参道の欅並木と背丈の高いマンションの合間から見える空には、雲一つなかった。三月になったが、まだ冬の透明感が残る空だった。「ああ、世界と私をつなぐクラウドはないのだろうか」と真希は思った。今日の空には足掛かりがなかった。七月の積雷雲が乱立する季節は遠かった。自分と社会、自分と愛情、自分と遠くで苦しんでいる人たち、それらをつなぐものは何一つないのだろうか。真希は途方に暮れた。

真希自身、飲食業界とはまったく違う苦しみを今、味わっている。でもそれを誰かに知らせることも、分かってもらうこともできなかった。そしてもくもくと沸き立つ雲のように自分たちを包んでくれる「神様」はいないのだろうか、雲のように地上の生活と存在をすべて包んでくれる「神様」はもういないのだろうか、と空の奥の方を見やった。

真希は家に帰って、気を取り直して、桜を生け、花見をしながら、成斗と食事をした。不安だけれど、こうした時間は幸せだった。そして成斗に、自慢の《クラウドジャーニー》と一緒に、桜も収めた自分の写真を撮ってもらった。よく遺影の写真を撮ってもらう人はいるが、真希はこの写真が遺影になるのは嫌だと思った。「こんな幸せのさなかに死んだと思われたくない」、それは妙だけれど強烈な拒否感であり、真希がまだ生命力を持っていることの証だった。

真希は困ったときには《クラウドジャーニー》を見るのが、その頃日課になっていた。雲はすべてを包む。そこにあるのは雨でもなく、晴れでもなく、「雲」だった。二〇〇〇年代に入っていつからだか、私たちはコンピューター上のクラウドがなければ生活できなくなってきた。そこには世の中のあらゆる魑魅魍魎《ちみもうりょう》を漫然と宙に浮かせる不思議な力があった。

真希も含め、皆クラウドの中で日々奮闘していた。そこには仕事があり、家庭があり、恋愛があり、孤独があり、情熱も、悪意も嫉妬もあった。そうしたものをふわりと空に浮かべて、《クラウドジャーニー》は新築マンションの白い壁に、堂々と佇んでいた。その日の食事が終わる頃、作品が閃光のように青白く光って、電気が消えた。最近、閃光を見ることが多いなと真希は思った。外はもう真っ暗だったし、部屋の電気を消して作品を鑑賞していたので、一瞬、真っ暗な暗闇に包まれた。真希は、「ああ来たな」「ついに来たな」と思った。人生の勝負時は近づいていた。

真希はこの時期、過去を振り返ることにより、未来を導き出そうと模索していた。過去の膠原病の病気のことはもちろん、アメリカに留学したこと、成斗と結婚したこと、家を買ったこと、そしてそれよりもっと前、繊細だけれど快活だった子ども時代のことも思い返そうとしていた。

そこで真希は、小学校に上がる前に、毎日食い入るように読んでいた『星の一生』という児童科学図鑑を実家から送ってもらうことにした。これは真希のもう亡くなった祖父が、全集を揃いで買ってくれた図鑑で、星々のこと、地球のこと、動物のこと、植物のことなどが、たっぷりの写真とともに平易な言葉で解説されている良書だった。六十巻ほどにもなる図鑑の中で、真希がとりわけ気に入って、表紙が白くなるまで読みふけっていたのが『星の一生』だった。

『星の一生』には、プレアデス星団やオリオン座の馬頭星雲、バラ星雲などの美しい写真とともに、まさしく「星の一生」の解説図があった。ガス星雲の中から「赤ちゃん星」が生まれ、何十億年ものあいだ様々な色で輝き続けること、そして星は最後に爆発し、重さによってブラックホールや中性子星、白色矮星などに道が分かれることが書かれていた。

真希は星々がそれぞれの過程で見せる美しい姿に魅了されたし、また青白い星はエネルギーを早く焼尽するので、早く死ぬこと、そして赤い星は、のんびり生きているので、ゆっくり死ぬことなどを学んだ。真希は子どもの頃、いったい「星の一生」の何にそこまで魅かれたのか、今でも正確には分からなかった。

しかし真希は、明らかにこの書物によって、生きるものは死を迎えるということを知ったのだと思う。「死」の妖艶な魅力に取り憑かれたのは、その頃からだったかもしれない。そしてそのことは、真希に逆説的に生命の魅力というものを教えてくれた。真希は、自分は生き急ぐ「青い星」なのか、それともじわりと老いる「赤い星」なのか、自分ではよく分からなかった。四十二歳を無事過ぎないと分からないことは多かった。

真希は成斗と土門と三人で見た、福島のすさまじい星空のことを思った。あの時は、すべての星が明るすぎて、星の色など気に留めることが出来なかった。すべての星が悠久の時を経て、自分たちの肌に触れているのが感じられた。早死の星なんてない。すべての命が短くても長くても十分に時間を与えられ、そして美しい。自分たちはそれぞれ、命に与えられた美を、ただ真っすぐに生きるしかないのではないか。

真希はその思いを決意に変え、少し前になくした時計と水筒を買いなおすことにした。まったく同じ品で、新しいものを買いなおすことにしたのだ。その日の午前中、真希はここ最近ではめずらしく、大学に用事があって出かけていたが、出先のパソコンで、時計と水筒をすぐさま注文した。

帰ってから成斗にそのことを伝えると、成斗は「それ、私が買いますよ」と静かに言った。成斗は大切なことを言う時は、いつも丁寧な言葉を使った。

「なるちゃん、いいの?」真希は予想外の成斗の対応に驚いた。成斗はいつも優しかったので、「予想外」というのは失礼なのだが、真希は自分で買うつもりでいたので、その提案に驚いた。そして素直にその好意を受け取ることにした。

株をやっている成斗にとっては、最近では株価が下がり続けていたので、高価なものを頼んで申し訳なかったが、真希は成斗の気持ちが嬉しかった。そしてその好意を無駄にしないよう、生き抜かねばならないと思った。

真希が結婚するとき、成斗の親戚の叔母さんから聞いた話がある。成斗の父が事故で死んだ日、群馬にある成斗の家は静まり返っていた。成斗の母も、近所の人たちも、九州の走行試験場での感電死の訃報を受け、ただ茫然として、運命の呪いに感情を失っていた。あまりに悲しい時は泣けないものだ。

その時、十歳だった成斗は努めて子どもらしくしようと、まるで父の死の本当の意味を知らないふりをして、黙っていた。けれど自分の部屋に帰って、一人になったとき、成斗は「わーん、わーん」と、広い家に響き渡る大きな声で泣いたという。

叔母は、「だからなるちゃんには、幸せになってほしいの。真希さん、よろしくね」と言った。真希はその時、大きな責任を背負ったと感じた。真希は成斗を幸せにできるだろうか。成斗が泣いた話を聞いたことは、成斗には言わなかったし、今後も言うつもりはなかった。

成斗は「つつましやか」で「優しい」としか真希は表現しようがなかったが、それは男の権威を誇示しないというそんなちっぽけなことだけではなかった。成斗の母によると、成斗の父は九州の電車の試験場に出張に行った時、成斗にそこでしか手に入らない電車の模型をねだられていたという。事故で亡くなった後、父のかばんからは、その電車のおもちゃが見つかった。

成斗はそれを父の死後受け取り、父の死は自分のせいなのではないか、自分がこんなものを欲しがったからなのではないかと罪過の念に囚われた。それ以来、成斗の母によれば、成斗はものを欲しがらなくなったという。

成人した成斗はがっちりとした体格で、身長は一八〇センチを超え、フルマラソンも走れる体力のある男だった。でもいつも静かなささやくような声で喋った。真希はもともとそんな控えめな男が好みだったわけではないが、付き合うようになってから、この小さな声を聞いて引き上げられるのは、自分だけだと思うようになった。それが真希の自負にもつながった。

成斗は何を選ぶにも自分の主張はせず、真希に選ばせた。それは食事から家の購入まで、すべてだった。朝のパンを毎日、真希に選ばせることから一日が始まる。同じように焼けた二枚の食パンを持ってきて、「真希ちゃん、どっちがいい?」と訊くのだ。だから成斗が土門響の《クラウドジャーニー》を買う時、自分で値段を決めたのには、正直驚いた。

真希は結婚してしばらくは、何でも自分で決めなければならないことがつらくもあったが、次第にその決断権の所持に伴う権力がないと生きられなくなった。「今までこういう決断は男がしてきたんだ。それを女の私がして、何が悪いだろう。私は男がずっと感じてきた幸せを、今、味わっているんだ」そう思うようにした。

真希は結婚してから、成斗に、田舎での父のいない生活はつらかったか訊いた。でも成斗は、

「そんなこと考えないでいいから。真希ちゃんにはそんなこと考えてほしくないの。真希ちゃん

は私と違って、幸せの星の元に生まれているから」と言った。

真希はこういう男と一緒になって嬉しくもあったが、この人の前では一生、嘘をつき続けなければならないのかもしれないとも思った。常に真希は、「強い側」「選択権をもつ側」「幸せな側」に立たされた。真希はマーガレット・サッチャーだった。鉄の女だった。どうやったって、強く生き抜かねばならない。どんな困難でも絶対に勝ち抜けなければならない。

《クラウドジャーニー》のように電気が一瞬消えることがあっても、復活せねばならない。成斗が父を失った時のように再び泣かせるようなことがあってはならない。真希は成斗のために奮い立った。

11

二〇二〇年三月九日、しこりの組織検査の結果が出る日だ。午後三時の診察で、真希はその日は朝方から緊張していたが、もしかしたら今日でこの一連の診断地獄から解放されるのではないかと、淡い期待も持っていた。自分はいろいろなカルマを背負っているかもしれないが、しかしまだ良性のしこり、つまりがんでない可能性だってあるのだ。午後の大病院は、いつもは混んでいるはずだったが、コロナの影響で人が少なかった。皆、診療があっても、待合になるべく滞在しないよう、ぎりぎりの時間に来るようだった。

真希は『魔女の宅急便』が流れる待合に、再び入った。相変わらず緊張したが、しかしあまりに何度もこういう経験をさせられていたので、疲労して深く考えることはできなかった。そして午後三時になってすぐに診察室に呼ばれた。いつもの医師だった。

明るいけれど少し顔に陰のあるその医師は、入った瞬間、黙っていた。数秒だが、沈黙が続いた。

「ちょっと治療が必要なものと分かりました」と医師は呼吸を置いたあと静かに告げた。真希が電子カルテを見やると、しっかりと「がん」と書かれていた。

「実は、二つ組織をとったうち、大きい方はがんではなかったんです。でも小さい、あの五ミリのやつががんでした」

「はあ」真希は脱力感と安堵の両方に襲われた。もしあの時、小さなほうを組織検査していなかったら、あのまま見逃されたかもしれなかったのだ。まあ客観的に見て、こういうのはラッキーと言うしかないのだろうと思った。

「進行速度は一のがんです。それほど速いものではありません」

「手術ですか?」真希は訊いた。

「そうですね、普通、この大きさだと部分摘で放射線治療をするのですが、向坂さんは膠原病の持病がおありとのこと、放射線治療をすると皮膚障害が出る可能性が高いです」

「皮膚障害……」真希は、皮膚障害なんて大したことないのではと思ったが、同じく乳がんだった祖母の胸のことを思い出した。祖母の胸の傷口には大きなケロイドが広がっていた。「ああ、あれか」と真希は思った。

それと同時に、真希は祖母が常々、がんは思い切って切ったほうがいいと言っていたのを思い出した。もう今から五十年も前のことだったが、祖母は左胸とリンパと卵巣を全摘した。卵巣を切り惜しんだ人たちは、みんな死んでしまったと祖母はよく語っていた。

真希は思わず身震いした。じゃあ、全摘だろうか……あ、でも今なら乳房再建というのもできるはずだ。あのアンジェリーナ・ジョリーがやっていたやつだ。すごい綺麗な胸に仕上がっていたではないか。

「先生、じゃあ、全摘して再建というのもありですよね。いっそ、アンジェリーナ・ジョリーみたいに両胸やっちゃってもいいです」

「いや、向坂さん、それは確かにいいアイディアなんですけど、膠原病の方はやめたほうがいいんですよ」

「なんでですか」

「体に異物が入ると、免疫反応が過剰になるんです。それなら、まだ放射線治療のほうがましだと思います」

「……」

その時、真希は漠然と小学校の時に豊胸手術をしたと噂されていた若い教師を陰でばかにしていたことがあったのを思い出した。最近ではあまり聞かないが、真希が小学生くらいの時、今より豊胸手術をする人が多く、そのことによる事故のニュースなどもよく耳に入ってきていた。そんな中、急に胸が大きくなった女教師を、小学生たちはからかった。

そのせいか、真希はかねがね、そういう「無教養な」女のコンプレックスをばかにしてきたふしがある。そんなこと考えるのは、教育が足りないからだ、世界が狭いからだ、真希はそう思ってきた。今、そのことの罰があたったのかもしれない。

乳房の再建手術を自分で提案した時、結局、自分も同じではないかということに気づいた。しかも小学生のとき、あの教師のことを無邪気に笑い飛ばしていた自分のことを恥じた。みんな胸のことで悩んでいるのだ。真希は腹立たしい気持ちになった。

乳房を失えば、命が助かる。命を失えば、乳房は永らえるかもしれない。乳房はそもそもなんのためにあるのか？　役に立たなければ、捨ててもいいものなのか？　乳房か、命か？　皆こんな選択を迫られているのだろうか？　乳房への執着と命への執着を天秤にかけなければいけないのは、女の業なのか？　そんなのはおかしいではないか？

乳房は失わなければならないのか？　命は失わなければならないのか？　命というのは、何かを生贄にしなければ、生きていけないのか？　私は学問の明晰な世界によって、そういう闇を斥けてきたのではなかったか？

命、乳房……真希はその二つの言葉を思い浮かべた。そして真希の価値観で、今の冷静な判断力で考えるなら、命は乳房より大切だった。しかし生きる時代や価値観、教育、感情などによって、様々に優先順位は変化する。そして今まで判断を誤って、命を落とした人間がどれほどいたことだろう。そもそも命を落とすということ自体が、判断の誤りとは限らない。

例えば真希の母の遠い親戚は、夫婦して自然食の効果を信じ切っていて、乳房を切らずに、治療して、死んだ。母が彼女の最期にホスピスに会いに行った時、その親戚は、「乳房を切らないで本当によかった」と吐息混じりに漏らしたという。

真希はそんなことを思い出しながら、自分が女という呪縛に囚われていないこと、学問という光の剣で病魔も未練も追いやれること、それを示したかった。そして真希は迷いを振り払うように訊いた。

「じゃあ、全摘ですね」

「それなら話は早いですね」明るくそして顔に陰のある医師は、それはいい判断だという感じで前のめりになった。

そして医師らしく「全摘でも放射線治療でも、がんが再発する確率は同じなのですよ」と確率論を唱えた。ただ真希は、確率では動かない人間だった。祖母と母のロールモデルに近づく方が、自分にとっては命に近い道に思えた。

「全摘します」何の未練もないかのように、真希は見栄を切った。

「ご家族の……旦那さまのご意向は聞かなくてもいいですか？」

真希は憮然とした。真希は成斗のことを愛しているが、だからといって、夫の意見に左右されて、自らの命を危険に晒すいわれはなかった。夫にはそれを決める権利はないと思った。成斗は反対しないことも分かり切っていたし、成斗のことだから、きっと本音は言わないだろう。一生、本音は言わないだろう、そう思われた。

「いえ、全摘します。私の判断で全摘します。夫は反対しないでしょう」

「分かりました。では手術の日を決めましょう。あと手術の前に、全身にがんの転移がないかを調べるPET検査をします。そこで最終的な診断が下ります」真希はまだ検査があるのか、まだこの緊張感から解放されないのかと唖然としたが、とにかく全身に転移がないことだけを祈った。これで全身がんだったら、それこそ四十二歳のカルマで人生が終わってしまう。

「先生、私、ふだんストレスとか悩みが多いから、がんになっちゃったんでしょうか」真希はこんな言葉が自分の口を突いて出たことに自分でも驚いた。アメリカに留学していたとき、よく乳がんの支援団体などがメディアで「ネガティブはだめ！　ビ・ポシティブ！」といって、患者を励ましているのだか、追い詰めているのだかよく分からないことを言っているのを聞きなれていたせいかもしれなかった。

感じがいいけど顔に陰がある医者は、めずらしく、ものすごく迷惑そうな顔をした。そして思わず溜息をついた。

「向坂さん、大学の先生なんでしょ、お願いだから、そんなこと言わないで」ふだんは機嫌のいい医師が不機嫌になった。医者は続けた。

「そういう人に限って、プロポリスでがんが治るとか、気功でがんが消えるとか言いだすんですよ！　みんな死にたいの？　僕が治すから安心して。まだ初期なんだからね。とにかく手術しましょう。手術。誰のせいでもないんだから、変な気おこさないでね！」

「すみません、つい弱気になっていました」真希は疲労感と恥ずかしさで、穴があったら入りたい気持ちになった。自分は学問をしてきたのに、こんなこと言うなんて、自分が自分ではないかのようだった。


相談して、手術は最も早くできる可能性のある二〇二〇年四月一日と決まった。転移の有無を調べる検査は三月二十三日、そしてその結果は三月二十七日に分かることになった。

「今回、残念なことになってしまいましたが、一緒にがんばっていきましょう」と顔に陰のある医師は言った。「そうだな、がんばるのはこれからだ」真希は気を引き締めた。

男だろうが、女だろうが、もう激しく泣いたり、怒ったりする時代は終わったのだ。真希は毅然として、がんであるという事実と向き合った。「私はいつも笑ってばかりいる」真希は自分のことを思った。でもそれは真希が強いからではなかった、むしろ弱いからに他ならなかった。泣いてしまったら、負けてしまう。真希は自分の感情を押し殺そうと、必死になった。そしてこういうとき土門響のような表現者ならどう表現するのだろう、と思われた。あの世の中との摩擦の化身のような存在なら、こんなとき、どんな表現をするのだろうと、遠い気持ちになった。

この前入れられた廊下を挟んだ紫の別室では、例の肝っ玉看護師が待っていた。

「手術をされる向坂さんですね」

「……はい」

「右乳房を全摘ですね、こんなのホントに大した手術じゃありませんから！」彼女は医療用のデータが入ったパソコンを見ながら、はっきりすぎるくらいはっきりとそう言った。確かに看護師にとっては大した手術ではないかもしれないが、自分は胸を一つ失おうとしている。

真希は看護師の言葉に唖然とする気持ちと勇気づけられる気持ちの両方があった。そして真希の女子高時代の医者の友達が昔、「花咲き乳がん」のことについて話していたのを思い出した。その友達は、「救急とかやってると、すごい人がよく運ばれてくるの。お金がないのか知らないけど、ぜんぜん病院とか行かないで、がん細胞が肌を突き破るまで放っておいて、それで胸が破れて初めてびっくりして救急車で運ばれてくるの。それって、すごーく臭いの。あの人、もう長くはないよね」。

真希はその話を聞いたとき、あまりに過酷な環境にいるその女医の感情の鈍化を案じたが、この肝っ玉看護師もきっとそうなのだろうと思った。真希は、医療者とは何なのだろうかと途方にくれた。がんでもコロナでも、前線に立つ人のこころはきっと痛めつけられているのだろう。

そして真希もまた、自分のこころはどこにあるのだろうか、「大したことない」と突っぱねることが善なのか、大切な乳房を失って嘆き悲しむことが善なのか、よく分からなかった。こころは揺れ動き、苦しくなった。真希は極力、手術のことは考えないことにした。

12

真希は家に帰って、成斗に「がんだった。全摘することになった。再建はできない。成斗の意見は聞かないで決めた」とぶっきらぼうに告げた。病院からメールで知らせておいたままのことを、そのまま言った。成斗は「わかった」とひとことだけ言って、あとは何も言わなかった。文句も言わず、労いの言葉もなく、ただ黙って夕ご飯を作ってくれていた。納豆に、焼き魚、味噌汁、そしてスーパーのお惣菜のおかずだった。

「ありがとう」真希は夕食の支度をしてくれたことにお礼を言った。

「いいの……あたりまえのことだから」

「何も言わないんだね、おっぱいのこと」真希は自分は面倒くさい女だと思いながら、訊いた。

「私には、何か言う権利はないから」成斗は悲し気に白いテーブルを見やった。

「……」真希は成斗の精一杯の反論を受けた気がして、動揺した。

「私には、何も決める権利はないから」成斗は繰り返した。

真希は自分も傷ついているのに、さらに面倒な荷物を背負いこんだようで、白い天井を見上げた。天井に埋め込まれたホテルのような間接照明が丸く輝いていた。自分はマーガレット・サッチャーなんだ、こんなことでおろおろしていてはどうしようもないと気合を入れなおした。真希は苦境になると強いところがあった。

「……お風呂、一緒に入ろうか」真希は平和的な解決を図り、提案してみた。

そう言うと、成斗は犬みたいにおどけて、急いで風呂場に走った。そして早々に服を脱ぎ、真希より先に湯船に入っていた。そのふざけた風呂の入り方は、成斗の休戦協定だった。真希もニヤニヤ笑いながら、あとから湯船に入った。そして成斗は真希の右の乳房をゆっくりと吸って、乳首にゆっくりと舌を当てた。湯船の水が、勢いよく溢れた。

しばらく戯れていると、真希は成斗の背中が妙にざらざらしていることに気づいた。そして肩ごしに視線をやると、成斗の背中のほうが変に赤かった。

「どうしたの、なるちゃん……背中見せて！」

成斗はちょっと躊躇したあと、真希に背中を見せた。

「……真っ赤じゃん！」真希は唖然とした。成斗の背中は、全面真っ赤にはれ上がり、ところどころに血が混じって、鞭で打たれたようになっていた。

「どうしたの？　こんなになって！」真希は叫んだ。

「……痒《かゆ》かったの。すごく痒かったの……乾燥して」本音を言わない成斗は、適当な嘘をついた。

「こんなの、鞭打ち刑だよ」真希は成斗の傷の深さに驚き、そしてその大柄な背中を見下ろして、捨てられた犬を見たような哀れな気持ちになった。

「私、カルマが深いの。業が深いの」成斗は消え入りそうな声でそう言った。なんでそんなこと言うんだろう、真希は成斗の背中を憐憫の情で触って、痛くないようにそっとさすった。

「ごめんね、真希ちゃんのほうがつらいのに」成斗は重い荷物を背負った人のように、歯を食いしばった。

「いいの……大したがんじゃないから」真希は成斗に罪過を背負わせている神を初めて憎いと思った。こんな善良に暮らしている男が、そんなことを言うなんて。成斗の神は、そんなに厳しい神なんだろうか。成斗はお父さんが死んだときからずっと、そんな呪いに苦しめられてきたのだろうか。苦しいのは真希だけではなかった。乳房を失って苦しいのは、真希だけではなかった。

風呂から出て、下着姿の真希と成斗は《クラウドジャーニー》を茫然と見やった。思えばこの作品が来てから、様々なことが起こった。私たちが持つには、重すぎるものだったのかもしれない。でもこの《クラウドジャーニー》は、そんな懸念などよそに、夏の青空の光で二人の体を包んだ。

「大変なもの、手に入れちゃったのかもしれないね……」真希は思わす独りごちた。成斗は聞いていたのか、聞いていなかったのか、何も答えなかった。ただ真希と一緒に《クラウドジャーニー》をじっと見つめていた。

真希は、自分がこんな大変な時に、燦然と輝く《クラウドジャーニー》を肌で感じ、空恐ろしいと同時に、いらつきも覚えた。「なんでこんな作品がうちにあるんだろう、こんな病気になったのは、この作品のせいではないのか。こんな美しいものが家にあって、私たちはその運命に翻弄されているのではないのか。そして何より、土門響だ。あの発話困難を抱え、さらに福島の夜空を背後に抱え、言い知れぬ闇を心に持っている。それが私たちにも乗り移っているのではないのか」真希は変な考えが浮かんだと思い、懸命に打ち消した。そんな思いをよそに《クラウドジャーニー》は輝き続けた。

あたりはもう夜になっていた。真希は部屋の明かりを消してみた。電気を消して《クラウドジャーニー》を見ると、光の色が変化するというより、光度が変化していき、作品が息を吐いたり吸ったりしているように見えた。青い時は外に照り輝くように息を吐き、緑や紫を帯びる時は、内に呼吸を秘めるように感じられた。真希と成斗の素肌は色光に照らされた。真希は光を帯びた成斗にキスをして、隣の寝室に連れて行った。

寝室のドアを開けていると、隣のリビングから《クラウドジャーニー》の呼吸が感じられ、作品は生きているかのようだった。幼い子どもが戯れているような動きが感じられた。古代人や新生児が残酷なように、この作品にもあっけらかんとした残酷さがあった。

真希は作品を前にして自分でキスをしてみたものの、なんとなく気まずい気持ちになった。実は真希と成斗がいわゆる性器性交をしなくなってから久しい。ただそれは真希の考えではいわゆる「セックスレス」ではなかった。セックスレスの場合、それはお互いの性的魅力に飽きたことでおこる倦怠感であり、新しい相手や不倫相手が現れれば、またセクシュアルにチャージされる。けれど真希と成斗の関係はそういう関係ではなかった。

セックスというのは一番したい思春期の時は社会的に禁止され、そしていいと言われた頃には生物的にも社会的にも、もう性欲は最盛期を過ぎている。そして晩婚化、貧困化、さらには世界的な環境問題に伴う人口増加への懸念は、性欲の素直な発露の抑制・抑圧にもつながっているように真希には思えた。

さらに性欲の発露の結果の子育ては、子どものいない真希にとっては、拷問にしか思えなかった。夜、子どもの世話で眠れなかったら、研究など出来るだろうか？　毎朝お弁当を作って、送り迎えして、騒ぐ子どもをなだめたら、疲労で人生の喜びを失ってしまうのではないか？　子どもはいつもかわいいとは限らないのだ。醜く、汚く、残酷で、痛くて、あざとくて……そんなことが次々とこころに浮かんだ。そもそも有期雇用で子どもなどつくったら、家族もろとも路頭に迷うのではないか？　結局は、一番最後の理由が、決定打だった。

真希の将来への懸念は、もともと性欲が弱い成斗の存在と相まって、いっそう二人の性を減退させた。それは社会の病理だという思いは、真希にはあった。最近になって、学問の世界に「アセクシュアル」という言葉が流通し始めていることを知った。真希はそれがどのようなものなのか知らなかったが、なんとなく自分たちはその末世の符牒の「アセクシュアル」に近いもののように感じていた。世界の数々の困難な課題に、性欲がついていかなかった。

代わりなのか、それともそれが本意なのか真希には分からなかったが、成斗は真希のおなかを撫でるのが好きだった。真希は成斗におなかを撫でてもらうと、日頃不安にさらされがちな気持ちが和らいだ。だから性交とは関係なくおなかを撫でてもらうときは、さまざまな懸念を背負って義理でセックスをしている時より、真希は幸せだった。

しかし真希は、自分の乳房が失われようとしている今、最後の火花を散らしてみようと、ほとんど独り言のようにつぶやいた。

「セックスしようよ」真希はカラフルな光に照らされ、明日命がなくなるかのような気持ちで誘ってみた。胸を失うのと同時に、私の青春も失われるのだろうか。

成斗は黙って真希の胸を撫で始めた。特に真希の右胸を丁寧に撫でる。成斗の大きな手が乳首のあたりに触れる時、とりわけ大きな快感が波のように襲ってきた。性器に触れられる鋭敏な快感とは、まったく別の快感だった。成斗はもともと、胸に触れるのがあまり好きではなかったので、それは真希がほとんど感じたことのない種類の快感だった。

真希は直観的に、それが「雲のような」快感であると思った。雲のように直接地上の生き物に触れることなく、大地全体を包む。そして影を与え、地面を濡らし、風を吹かせ、地球を守る。胸を中心にした性交は、雲が地球を包むようなものだと思えた。成斗の性器が真希の体内に入ったあと、胸の感度もいっそう増した。雲がさながら雨を降らすかのようだった。真希は喘ぎ声を上げた。

隣の部屋では《クラウドジャーニー》が夏の空を演出していた。でも今日は、雷のような閃光は訪れなかった。

この日の新型コロナの国内感染者は四八八人、死者は七人、世界の感染者は一〇万人を超えていた。このころから、日本独自の指標である密閉、密集、密接が感染の条件であると言われ始めた。少し前から「ここ一～二週間が瀬戸際」とキャンペーンがはられ、政府から一般人にも外出自粛が要請された。いよいよ市中感染が現実味を帯びてきた。

結局、真希のがんも、コロナも、収束には程遠いようだった。四月一日はエイプリルフールだな、乳房がなくなることにばかり気がいっていたけれど、そもそも無事手術ができるのだろうか。自分のがんがひどくても、コロナがひどくても、手術はできない。手術ができれば、御の字だろうと、セックスを終えた真希はあきらめたような気持ちで成斗を見やった。

13

二〇二〇年三月十二日、アメリカで株価が二〇〇〇ドル下がった。自分以外の家族が皆、株をやる真希にとって、株価の下落はこころにこたえた。がんの診断後はやはり落ち込んで、あまり人と話す気にはなれなかったが、自分のロールモデルとして最適な乳がんサバイバーである祖母に電話することにした。祖母は四十八歳の時に、左乳房とリンパと卵巣の全摘手術をして、今も九十七歳で元気に生きていた。ただ、当時は遺書も書いて、死ぬ覚悟で手術に臨んだと、昔話していたことがある。

戦後すぐに油揚げみたいな値段の株を買って、儲けて家や土地などをいくつも買ったつわものだ。百歳近い今でも、朝五時に起きて、アメリカ市場や新聞などを研究し、毎日オンラインで取引している。

「おばあちゃん、真希だけど」

「ああ真希ちゃん、ああ真希ちゃん、大変だったみたいだね、大丈夫？」祖母は電話があると嬉しくて早口になるが、今日は真希の乳がんのことを聞き及んでいたので、なおいっそう、まくしたてた。

「うん、まあなんとか。軽いがんだと思うから、大丈夫だと思う。それより、おばあちゃんも大丈夫？　株、ずいぶん下がってるけど」真希は自分の気持ちを落ち着かせるためにも、祖母に株の話を振った。

「大丈夫、大丈夫、おばあちゃん、今、すごく儲けてるんだよ！」

「さすが！　逆張りだ」真希は正直驚いた。

「そう、なんか安いベンチャーの製薬会社を買ったら、上がって上がって！」真希の心配などいらなかった。七十年も株をやっている人には、こんな動乱はチャンスでしかないのだ。

「手術、恐かった？」真希はあまり弱音は吐かないほうだったが、祖母のたくましさに、思わず気弱な質問をした。

「絶対大丈夫だよ。眠ってるうちに、すーっと終わっちゃうよ。○○さん、○○さん、もう終わりですよ、って言われてね。手術台からベッドに移す時、あれま、重い人だねって言われたの」祖母は真希を元気づけるように楽し気に話した。今の看護師は「重い人だね」なんて言わないだろうけど、なんかいい話だなと思って、真希は勇気づけられた。

「おばあちゃんが手術した時代も、変な時代だったの？」真希は、祖母が手術をしたのが、ちょうど学生運動の頃合いだったかと思い、思わず訊いてみた。コロナの今を生きるヒントを探りたかった。

「変も、変！　ものすごく変だったよ。おばあちゃんはね、大阪万博の年に入院したんだけど、一カ月くらい入院して、ついに抜糸っていう日にね、三島由紀夫が死んだんだよ！」

「え、そうなの？　一九七〇年十一月二十五日だ」真希は、二〇二〇年が三島没後五十周年であるため、数々の特集などで日付を知っていた。

「そうだねえ、もうすぐ冬って頃だったねえ」少しの沈黙のあと、祖母は続けた。「その階にひとつしかないテレビでみんなで見てたんだよ」

「何を、自決を？」真希は興味津々で聞いた。

「なんか、建物しか見えなくて、死んだとか、死なないとか、日本はなくなるとか、なくならないとかレポーターが言ってね……でもね隣にいた看護婦さんが、こりゃ女には絶対できないことだよ、ってね……三島みたいなことは、女にはできないことだよって言ってね……おばあちゃんもね、ホントにそう思ったねえ」

「そうだね、介錯《かいしゃく》させたんだもんね、絶対死ぬ気だったんだよね、何だかよく分からない理念のために……女にはできないよね、やっぱり」真希も同意した。

「大丈夫、おばあちゃんはね、思うけどね、女はね、簡単には死なないよ。女はね、しぶといよ。真希ちゃんもね、今は男の人みたいな生活してるけど、きっと長生きするよ。女はね、しぶといんだよ。特にね、おばあちゃんところはね、しぶといんだよ」

真希は妙に背中を押された気分になって、電話を切った。祖母は真希が不安に思っていることを、よく察していた。そして真希の生命力の源を知っているんだと思った。「自分は女なんだ」真希は初めてそのことを自覚した気がした。

電話のあと、真希は自分の居間にある《クラウドジャーニー》を見つめた。真希は土門響という女の作家に作品をもらったことに、改めて勇気づけられた。自分は《クラウドジャーニー》の輝きのような人生を送りたい。燦然と輝く七月の青空のように、明るく、変化に富んでいて、時々、暴力的に雷のように光る、そして死んだように、眠ったように、暗闇になる、それをあっさりと越えて、また夏のようになる。あらためてそんな人生を送りたいと思った。土門響に対して一瞬抱いたマイナスな感情が、祖母との会話で次第に消えていった。《クラウドジャーニー》をみっちりと埋め尽くすＬＥＤ電球を見つめ、自分の人生もこのくらい密度の濃いものになりつつあるな、と自負を持った。

真希は土門が発話に苦心する様子を思い出した。なかなか言葉が出ず、そして出たと思うと連発する、さらに文字を書くにも苦労する、あの様子を思い出した。ああ確か『金閣寺』の主人公も吃音だったな。でもあの学僧は金閣に火を放つ。美に耐えかねて火を放つ。土門も自分がつくりだす美に耐えかねて、この《クラウドジャーニー》をいったん、青い閃光で終わらせたのだろうか。

「女はしぶといよ」

祖母の言葉が思い出された。そうだ、《クラウドジャーニー》は終わらない。いったん真っ暗になり、乳首のようなＬＥＤ電球がその物体性をあらわにして、銀色の夜を越えて、再び生き返る。夏の青空が、あの土門に出会った頃の青空が戻ってくる。

真希と成斗は、病魔を抱え、トラウマを抱え、不況の中で身を寄せ合って生きてきた。同じ歳の土門響もきっと、自らの表現の困難さと社会との軋轢《あつれき》に対して、ずっと戦ってきたんだ。そしてやっとの思いでつくった《クラウドジャーニー》という光の作品を、自分たちに手渡した。

「私たちは死なない、私たちは破滅しない、私たちは生き抜いてみせる」《クラウドジャーニー》の美が、真希と成斗の存在を雲のように守っていた。

14

真希は自分の家族とわずかな仕事関係者にしか、がんのことは言わなかったし、今後も必要に迫られなければ、そのまま何事もなかったように仕事をしようと考えていた。コロナによる在宅でのオンライン授業や会議は真希にそうした選択肢を与えてくれた。真希自身が、事をおおごとにはしたくなかったので、病気のことは極力ビジネスライクに関係者に報告していた。がんも最近ではよくある病気ではあるし、真希自身もこのことに関しては、表向きは泰然としていたので、真希のことをむやみに心配する仕事関係者はほとんどいなかった。

ただ、仕事上ではあまり関係ないものの、土門響にはこのことをどうしても知らせておいたほうがいい気がして、真希は電話しようと思い立った。土門は明らかにメールでやりとりしたほうがコミュニケーションがスムーズだし、その上、最近は売れっ子で忙しすぎて、話している暇などないのではないかと訝《いぶか》られた。それでも真希は、土門のあのどもりが聞きたかった。スムーズではないコミュニケーションを求めていた。どもっているからこそ出来るコミュニケーションがあると、真希は直感していた。

土門には電話は一発では通じないのではないかと思ったが、意外にもすぐに通じた。

「……っも……っもし」

「あの……響さん、こんにちは、向坂です」

「…………っ」返事がほとんど聞こえないことに、真希は逆に安心した。相手が土門響であることが確認できた。真希は相手が黙っているからこそ、話を続けることが出来た。

「……実は、私、乳がんになってしまって、四月の一日に手術することになったんです」

「……っ」しばらく沈黙が続いた。真希はその沈黙が心地よかった。

「…………っお、お、お、お、重いん……ですか」土門はやっとのこと、言葉を発した。

「たぶんそれほど重いがんではないとは思うのですが……」

「…………」土門は黙った。今度は言葉を発しようとしているのではなく、本当に黙っていることが伺えた。

「ただ右胸を全摘します。がん自体はあまり大きくないのですが、いろいろあって、それしか方法がないんです」

「…………」土門は相変わらず黙っていたが、今度は息遣いが聞こえた。少し泣いているようにも聞こえた。真希は土門の思わぬ反応に驚いた。

「土門さんは悲しんでくれるんですか」真希は思わず確かめた。

「……っ……あたりまえです」真希にとって、これは意外な答えだった。土門のような人間は、乳房など小さなものにはとらわれないのではないかと考えていたからだ。

「土門さんに、そんな風に悲しんでもらえるのは嬉しいです。でもまあおっぱいですから、おっぱいはなくなったって死ぬわけじゃないですから」真希は自分に言い聞かせるように、社交辞令を言った。この後に及んで、社交辞令を言うなんて、真希は研究者として自分を何とも恥ずかしく思った。

「……っ…………っお、お、お、お、お、覚えていますか」土門は何やら問いかけてきたので、真希は驚いて「分かりません」と答えた。

「…………っ宇宙は……っ宇、宇宙自身が……宇、宇宙を美しいと思っているんですよ」真希はあっけにとられた。あの福島の星空を見た時の言葉だ。二〇一二年七月のあの時の言葉だ。「宇宙は宇宙自身を美しいと思っているから」土門はあの時のこと、あの時の答えを覚えていたんだ。

「宇宙がなぜこんなにも美しいか」という問いの答えを。

「…………」今度は真希が黙った。土門は見かけは中性的な女だし、胸も大きくはないし、色気で売るようなアーティストでもないし、乳房などどうでもいいと思っていてもおかしくはなかった。しかし実際には違った。真希は乳房を失うことを初めて他人に労われたと感じ、感慨で声が出なかった。

真希の乳房に惜別の情をかけてくれたのは、ひねくれた執着を示した成斗以外では、土門が初めてのことだった。乳房に愛情を、自信を、思いを注ぎ込んでもいいんだ、星空のように、乳房は美しい、人間がいなくても星空が美しいように、乳房もそれそのもので美しい。そのことを認めていいんだ。

潜在的な女性性の蔑視と自死願望とを、真希は優れたアーティストに救ってもらったように思えた。発話困難な、鏡文字を書く、マージナルな存在に救ってもらった。真希は土門に丁重にお礼を言って、電話を切った。土門はほとんどしゃべらなかったが、あのおかっぱ頭で頷いている様子が目に浮かんできた。

真希は常に明るく前向きであるように努めていたが、それだからこそ、多くの教育を受けた人がそうであるように、環境破壊や人間の非道さといった倫理的な側面から、自分も含む人間というものに疑問を抱いていた。土門のようないわば世界との「摩擦」の塊のような人間に対峙すると、その生き方の真剣さに対する畏敬で、人間全体に対する不信感を一瞬、和らげることが出来た。しかしやはり健常者の狡猾さを目の当たりにすると、人間に対する嫌悪感を抱くことがしばしばあった。

「神は裏切らない」と言われるが、いっぽう神の「似姿」である人間は、他の生物を裏切り続けている。人間は動物を育てて、そしてそれを最終的には殺して、スーパーに並べる。自分は食物連鎖の一番上にいて、食べられることはない。

生活圏をつくるために、コンクリートで固めて、除草剤をまき、収穫のために農地を焼き払い、強い人間が弱い人間を搾取し、「害虫」を殺し、他の生物がちょっとでも人間に危害を加えると、「殺人アリ」とか「殺人バチ」とか「殺戮熊」とか騒ぎ立て、当然のように殺した。地球には人間に殺された、膨大な生物の魂が横たわっている。

悪魔といったら、間違いなく人間のことだった。そういう生物に属することを自分は恥じずにはいられなかった。だから生きていてもいいことはない、もしくはいつかはその対価を払わなければならないと、いつもこころの片隅で思っていた。自分が病気になったのも、そういう罪の償いの部分が大きいような気がしていた。

そういう中で、人間に尊厳があるということはどういうことなのだろうか。人間を愛するとはどういうことなのだろう。人間は自分の死や生を自覚し、美的な価値を愛で、それを世界に向けて結晶していくことに、明らかな特殊性があった。

美術はこの世知辛い世の中で、とりわけ日本のような経済利益優先で、そのくせ十分には儲けることができずに偏狭に他人の足を引っ張り合う世の中では、まるで役立たずの悪者として軽んじられるが、真希に言わせれば、人間でいいことと言えば、自らの美を愛でることができることくらいしか思い浮かばなかった。

人間は生きていることを自覚している。死ぬことを自覚している。自分が自分であることを自覚している。そして人間は、人間が生み出した美を愛でることを知っている。それは人類に不信感を抱いている真希でも、特別に評価できる点だった。そしてそれこそが、真希が美術を、美術史を学ぶことを決めた動機だったと思う。真希と成斗に発話困難な土門響をつなげたのも、そういう人間の力だった。三人をつなげた星空の真の意味を知るのも、美を直感する力だった。

つまり真希は、人間が美を愛でる能力は、他のどんな能力よりも重要だと思っていた。美を生み出し、美を愛でることは、他に代えがたい価値があること、そんな時、真希は人間を賛美することができた。宇宙が宇宙自身の美を愛でるように、人間は人間自身の美を愛でることが出来る。それはすばらしいことに思えた。

土門にがんのことを労われて嬉しくなった真希は、今までの日記を読み返した。真希は十年くらい前から日記をつけているが、それにはたいてい、その日見た夢が初めに書き記してあった。いくつか特筆すべき夢があったが、三月二日にアラン・チューリングの指輪をもらえない夢を見ていたことに気づいた。そしてチューリングは四十二歳を目前にして、亡くなっていたことを調べて知った。

他人から見れば、もっと早くに夢のことを気づいてもいいと思うかもしれないが、夢というのはなかなか意識には上らない。真希ほどかなり夢の世界に片足を突っ込んでいるタイプでも、その日見た夢は、朝起きて寝ぼけまなこで書き記し、書くと同時に忘れてしまう。もちろん見た瞬間から、忘れられない夢もある。でもそんな夢はごく一部で、ふつうはしばらく経って、読み返してみて、初めてその暗示の意味に気づくのだ。だから真希は、チューリングの指輪をもらわなかった夢はまるで初めての発見のように思えた。

「ああ、いい夢だ」真希は感慨にふけった。この検査続きの泥沼の中で、未来に対する一筋の光が密かに示されていたことを喜んだ。


二〇二〇年三月二十七日、これは真希に二十三日に受けたPET検査の結果が知らされる日だ。全身にがんの転移がないかを調べる検査、これが予定通りシロであれば、四月一日に無事手術となる。真希はここ最近は、自分のがんのことと、コロナのことで頭がいっぱいで、外の景色をゆっくりと見る余裕がなかったが、もう今年はしばらく前にソメイヨシノが開花し、そして空の色も冬のぴんと張った遠い青から、霞がかった薄桃色に変化していた。

真希は正直、診断結果はよく分からなかったし、不安だった。乳がんの大きさからは転移はないかもしれないが、それとは別に、卵巣や腸にがんが偶発的にあったりしないのだろうかと不安になった。とりわけそう思うのは、もちろん四十二歳のカルマがあるからだった。

真希は前の晩から、今回だけは成斗に付いてきてもらうことに決めていた。この時期、成斗はコロナの影響で在宅勤務で家にいた。今まで乳腺の待合で、夫に付き添われている妻は相当数いた。それを見るたびに、真希もうらやましくて仕方なかった。真希は万が一、がんの転移やもっと酷いことを告げられたら、一人では受け止めきれないと思ったからだ。

ただ、これはひとつの賭けだった。成斗は父を早く亡くしたせいで、「自分には悪い因果がある」とか「私は業が深いから」とか言う癖があった。実際、ついこの前も、真希が乳房を失うことになったら、似たような言葉を風呂の中で言ったばかりだった。そのうえ、成斗は真希と生年月日が一日しか違わないので、今、苦悩している真希とバイオリズムがほとんど同じである可能性もあった。

でも真希は、それでも付いてきて欲しかった。成斗は亭主関白とは程遠い、中性的な男だが、真希は成斗を男としてかなり頼りにしていた。それは成斗が物腰が柔らかく、決して怒ったりしないからこそ生まれる信頼だった。成斗なら、どんなことでも受け止められる。真希はそう思って、成斗に同伴を求めた。

新都心の大病院の外来は、いつものように輝くほど綺麗で、塵ひとつなく、乳腺の待合室はクリーム色で統一されていた。けれどここまでして患者を安心させようとしても、当の患者の方はこころが落ち着くわけでもないことが、真希にはひしひしと分かった。例の『魔女の宅急便』が緊張感を増幅した。

その日、いつもの感じがいいけど顔に陰のある医師は、部屋に入ると黙っていた。真希は夫も来ていることを告げ、成斗を診察室のベッドに座らせた。青白い清潔なベッドだ。医師が結論を溜めるのは、悪い結果を暗示しているのか、いい結果を暗示しているのか、真希は医師の表情からは読み取れなかった。しかし医師は、前回のがんの診断と同じように、はじめ少し黙っていた。

そして真希には長く感じられた沈黙のあと、医師は「当初の予定通り、転移はありませんでした。ステージ一の乳がんということになります」とやや嬉しそうに告げた。

「わー、よかった！」真希は飛び上がらんばかりに喜んだ。そして「なるちゃん、よかった！」と成斗の肩を撫でた。成斗はほっとした様子だったが、何も言わなかった。マスク姿の成斗は、髪に寝癖をつけて、なかば茫然としていた。成斗はこういう時、おべんちゃらは言わない男だった。ただ黙って、座っていた。真希はそれが嬉しかった。成斗がラッキーボーイだったことが嬉しかった。

「右乳房を全摘ということですが、いいですね」医師は念を押した。

「はい、覚悟はできています」真希は、強い調子で答えた。四月一日の手術まであと数日。こころの準備をするだけだ。

15

　二〇二〇年三月二十九日、入院二日前、関東地方で季節外れの大雪が降った。肺炎流行の影響で在宅勤務だった真希と成斗は、美しくもあり、残酷でもあるその雪空を驚きを持って眺めた。一面灰色の空には、牡丹雪が星の数ほど舞った。参道の横の二人のマンションがある一角は、住宅地の中に古い低層階の商業ビルがひしめき合っていて、そのビルが雨に濡れて濃い灰色になった。視界全体がビルの灰色と雪の白のモザイクになり、白黒写真を見ているような美しい光景になった。二人は季節外れの自然現象に半ば茫然として、あまり言葉は交わさなかったが、真希は昼間は一人、思索にふけった。

　乳房を失うことになってみると、突然いろいろなことが思い出された。ここ最近は成斗とはほとんどアセクシュアルな生活を送っていたが、しかし、アセクシュアルであればこそ、胸を失うことは苦しいことのように思われた。乳房はセックスをしていなくても美しい。乳房は性器ではない。猫を無条件に美しいと思うように、乳房は美しかった。そのことを真希はとりわけ土門響に教えられた。

小さな頃、まだたぶん幼稚園に行く前くらいの時、真希は近所のお母さんたちの乳房を見るのがひときわ好きだった。弟や妹くらいの年齢の子どもに母乳をやっているよその母親を見て、わざと近くに寄っていって、端から授乳を見ていたのを覚えている。何か後ろめたいけれど、乳房を見ることにはたまらない魅力があった。

絵心のあった真希は、家に帰って、乳房の絵をしきりに描いてみた。でもそれは自分の母親には見せないほうがいい気がして、そそくさと隠したが、母は真希を抱きかかえ、「上手ね〜！おっぱい？」と言って見せた。真希はなんだかその時、恥ずかしかったのを覚えている。あれはレズビアンの萌芽なのかとものちに思ったが、そういう名のつくような明確な思いではなかった。それはあいまいで、未分化で、抑えようもない幼児の恋の原型のようなものだった。

そして真希は今より若い娘の頃、自分の乳房の曲線に密かに自信を持っていた。自分の乳房の曲線は美しい、そう自覚していた。とりわけ二十代の時、髪も短い真希は、自分の女性としてのアイデンティティは乳房に集約されていると感じていた。自分のことを好きな男たちは、真希の乳房を見ていたように思われた。

しかし、真希は青春時代、学問に身を投じて、性交の伴うような恋愛を封じてきた。女の大学院生は恋すると不利だった。たいてい男のほうが仕事を続け、女は研究をやめて妊娠して家庭に入った。真希はそれだけは絶対にいやだと思っていたから、まともな恋愛は周到なまでに封じてきた。その頃は決して性欲が弱かったわけではなかった。ただ真希のキャリアにかける思いと、氷河期的な禁欲が、そこまでのことを徹底させた。そして乳房の魅力も闇に葬り去った。

就職後、結婚した成斗はというと、男にしては性行為に執着するタイプではなく、もっぱら子どもや猫を愛するように真希のことを愛した。成斗は濡れた大きな犬のようなところがあった。成斗はセクシュアルな視点から見たら、人間というより動物のような存在だった。それは一般的に言う「野獣のような」という意味とは対極にあるだろう。人間の期待とは裏腹に、動物は発情期以外、性欲をもたない。普段は性欲とはまったく無縁の生活を送っている。

そして数々の人々が指摘しているように、動物が死ぬと、人間が死ぬより悲しい。映画などで動物が死ぬシーンを周到に避ける人も多い。人は動物が死ぬとき、人間が死ぬ以上に深い喪失を味わう。「成斗が死んだら、悲しいだろう」真希はときどき成斗の喪失を想像し、涙することがあった。

成斗は真希にとって、守るべき何者かだった。真希はつねづね言っているように、人間という存在に数々の不信感を抱いていた。けれど成斗のことは、セクシュアルな交わりがあまり伴わなくとも、どうしようもなく好きだった。それは成斗には、動物のような存在の純粋さがあるように思われたからだ。動物は自分が食べる以上に生命を殺すことはないし、生殖以上に性交を求めることもない。しかも愛情を偽ることがない。真希にとって、成斗は、動物のように、誠実な男だった。

成斗はよく、真希のおなかをさすって満足そうにした。真希は成斗の前では、女を演ずる必要はなかったし、親に愛される子どものような安堵感があった。真希は成斗と結婚して、かつてない精神の安定を手に入れたが、その代わり、乳房はずっと粗末に扱われてきた気がする。そんな半生を振りかえると、急に自分の乳房がかわいそうにも思えた。

おっぱいというのは、身体にとって、そして社会にとって、どういう位置づけなんだろうか。セクシュアルな世界でも、母性の世界でも重要な役割を果たしていることに異論はなかった。しかし真希みたいに子どももおらず、なかばアセクシュアルな生活を送っている人間にとって、日常的にその用途はほとんどなかった。でもだからといって、真希にとっておっぱいが全面的に意味がなく、無駄なものであるわけではない。

おっぱいは、ペニスとは違う。それは性器ではない。おっぱいの特徴的な点は、ふだんから洋服を着ようが何をしようが、誰の目にもその存在が明らかであることだ。しかし日常生活の中で、おっぱいを見ただけでは発情はしないし、そうすることは社会ではゆるされない。そういうあっちともこっちともつかない存在を、自分はひとまず切り離すことで、命を得るんだと思った。それが曖昧な存在だからといって、失うことに意味がないわけではない。

それは真希が幼稚園生の時、髪を切ることにした決断のようだった。真希の母は、真希の髪が細く絡まりやすく、縮れているので短い髪のほうが似合うと言ってきた。芸術家肌の母は、子どもを個性的にしたがった。その時、真希は正直、切りたくはなかったが、しぶしぶ同意した。

そして真希は髪を切った日、泣いた。美容院から帰って、鏡を一人で見て、涙があふれた。でもその時、真希は再び長い髪に戻りたいとは思わなかった。友達にも、よく似合うと褒められた。真希はしばらく納得がいかなかったが、しかしそれ以来、四十年近く、髪は短いままだ。

その日は一日中、雪が降り続いた。ただ黙って、ひたすら雪を見る一日を過ごした。そして夕方、真希は一人で風呂に入った。一人で入ったのは、おっぱいへの惜別を誰にも邪魔されたくなかったし、成斗に必要以上に重荷を背負わせてはいけないように思われたからだ。真希は一人になりたかった。成斗のほうも邪魔しないように、何も言わなかった。

新築マンションの風呂は、綺麗なベージュの細長い浴槽に、透明な薄い水色の湯をたゆたえていた。湯気がほんのりと立つ中、ゆっくりと体を横たえた。そして改めて湯の中で自分の右のおっぱいを触ってみた。真希は、それがあまりにやわらかくてひどく新鮮な驚きを覚えた。「こんなもの、なんで……」子どものいない真希にとって、おっぱいに触れてくる人間は成斗しかいなかったが、成斗はそんなこと、今まで一度も言ってくれたことはなかった。だからこそ、そのやわらかさに絶句した。

真希の美術史の授業で、歴史的には女性は見られる側に、男性は見る側にあったこと、すなわち「見られる女性」「見る男性」の伝統を教える課があった。これを語る時、よく非常勤先の女子大の学生が「女性の体には、男性の体にはない魅力があるから、見られても仕方ないと思います」とのたまうことがあって、真希はそのナイーブさをひそかに蔑んでいたところがあった。

しかしこの無用のおっぱいのやわらかさを自覚するに、女子大生たちの主張もむげには否定できないと思えた。「ああ、私は、貴重なものを捧げて、命を得ようとしてるんだ」そのことは忘れてはならないし、真希は今後、女性研究者としてジェンダーを語る時、このやわらかさの持つ意味を忘れてはならないと思った。

学歴主義の父や母は、小さい頃から真希が「女の子らしく」すること、「女らしく」することを嫌った。短い髪にしたのは、その影響も強かった。両親は、真希が子どもの頃、レースやフリルやピンクの服を選ぶと、ダサいとばかにしてきた。大学生になり、ＯＬや女子大のお嬢様が着るような恰好をすると、あからさまにけん制してきた。

真希は知らないうちにジェンダーレスに方向づけられた。そのせいか、そのおかげか、すべてが成功というわけではなかったが、真希は学歴社会を、今まで女の力を借りずに生き抜いてきた。

それがかっこいいことと思ってきた。結婚しろとか、子供を産めとか、そんなことは両親からは一度も言われたことがなかった。

今、乳房を失うことになって、家族でそれを本当に危惧する人間は誰もいない。親も成斗も真希の命を心配したが、彼女の乳房を真に惜しむことはないように思えた。そもそも彼らはその話題には触れなかった。成斗もまた、黙っていた。

むろんそれは皆が真希に気を遣ってのことであることはわかっていたが、乳房はそうした気遣いの犠牲になった。彼らは、真希の乳房がどうなるかなんて気にしないことにむしろ誇りを持っていた。真希を女としてではなく、人間であると見ていることに誇りを持っていた。「私はこういう世界に生きてきたんだ」真希は複雑な気持ちになり、蒸気に濡れた風呂の天井を見上げた。新しいマンションの風呂場の通気口は真四角で、防カビ処理がなされて、新品のように綺麗だった。思えば、どもりの土門響だけが、真希の乳房の喪失に対して動揺した。

風呂から出て、真希は成斗に「もうおっぱい最後なの」と言って、なかば諦め気味に触ってもらった。成斗は静かに深呼吸したあと、「ぼくは真希ちゃんの乳房に惚れたわけではないから。真希ちゃんが生きていればそれでいいから」と言った。成斗が「ぼく」というのは、ほとんど初めてのことかもしれなかった。

真希はその時、成斗の言葉とは裏腹に「ああ、永遠にこの乳房は失われるんだ」ということに初めて気づいた。そしてしばらくして一筋の涙が頬を伝うように静かに流れた。一連の苦境が始まって以来、初めて泣いた。それは卒業式の涙のような不思議な涙だった。卒業式の涙は、悲しいわけでも、嬉しいわけでもないけれど、まだ見ぬ未来とセピア色の過去に対して自然と溢れてくる涙だ。真希はその時のように、過去と決別し、新しい世界へ向かう覚悟を決めた。そして静かに泣いた。

成斗は何も言わず、優しく抱きとめた。この時、成斗は真希の命を祈り、真希は自分の乳房のことを思った。

「そうやってみんな……私のおっぱいを……ばかにするんだ……」真希はこんな言葉を発した自分に驚いた。成斗は実は真希の本当の気持ちを分かっていたかのように、この言葉を聞いても驚かなかった。そして真希の胸を押さえ「よくがんばったね」と静かに言った。

成斗が乳房に対して「よくがんばった」と言ったのか、真希の日頃の努力に対してそう言ったのか、真希にはよく分からなかった。でも真希には、その両者が交錯して、いっそう涙が溢れた。

真希は何をがんばったのか、女に生まれたこと、キャリアを積んだこと、病魔に打ち克ち、そしてまた戦おうとしていること、明日をも知れない雇用であること、マーガレット・サッチャーであること、何にがんばっているのか、すべてがごちゃごちゃに入り混じって、分からなくなった。涙は、静かに、しかしとめどなく流れた。

成斗は黙って真希の乳房と背中をさすった。

「なるちゃんは……私のおっぱいのこと……どう思っているの?」真希はずっと訊きたくて訊けなかったことを訊いた。しかもそんなことをずっと訊きたかったなんて、自分では今の今まで微塵も気づいていなかった。しばらくの沈黙のあと、成斗は確かめるように言った。

「すごく綺麗だよ。真希ちゃんのおっぱいは、すごく綺麗だよ」真希ははっとして、成斗から聞きたかった言葉を聞けたということに気づいた。そして真希は自分の存在を確かめるようにしっかり頷いた。

この言葉で、真希は急に、ある種の確信に至った。自分が乳房を葬り去る決断は正しかった、自分は今日、成斗とともに、乳房とさよならする儀式をしたんだ。八年前、福島で見た星空に、幾筋もの流れ星が散っていたのをなぜか思い出した。

その時、《クラウドジャーニー》が凄まじい閃光をあげて輝いて、そして消えた。点描の星が淡い光で輝いた。真希はその瞬間、「これでもうおっぱいとお別れできる」と成斗に告げた。成斗は黙って頷いた。腫れあがった顔についた涙の塩味を、真希は黙って味わった。《クラウドジャーニー》は、まだ来ぬ夏の青空を部屋の中に再現していた。

真希はこの日の夜もまた、夢を見た。幼い真希は買い物をしている母を待っていた。母は家の近くの相鉄ローゼンで買い物をするとき、いつも入口のアイスクリーム屋に真希を置いていった。馴染みの店員さんは、母のことも真希のこともよく知っていた。

「まきちゃんは、いつものストロベリー?」店員のおねえさんは真希の顔を覗き込むように、にこやかに尋ねた。「うーん、今日はおっぱいの味がいい」「おっぱいの味!! まきちゃん、甘えん坊だね～、まだママの味が忘れられないの?」

「ううん、わたし知ってるの。ママがもう帰ってこないって知っているの。買い物に行ったっきり、もう帰ってこないって……」

その馴染みの店員は母の顔になり、影がさしてみるみる瘦せほそって、骨と皮だけになった。するとその瘦せた母は土門響の顔になり、そして次にはアメリカで会った霊媒の顔になっていった。あたりには人づてには聞いたことのある、がんの死臭というものが立ち込めていた。真希は夢の中で、その切れ長の目をした、やせ細った霊媒が、息を引き取る場面を見ていた。

「ママ! 死なないで!」真希はなぜかそう叫んだ。夢の中で叫んだ声が、ベッドルームのカーテンを揺らしたかのように思われた。夢の中では大きな声だったが、現実の世界ではわずかな声しか出ていなかったようだ。成斗はまだ寝ていた。

――真希は心臓がばくばくして、息も絶え絶えだった。しかしその時、夜が明けようとしていた。

16

二〇二〇年三月三十一日、年度末。真希は駅前の大病院に手術のために入院した。その日のコロナの感染者は一四九四人、死亡者は五六名に上った。世界の感染者数は八〇万人を超えた。数日前の雪の日に有名なコメディアンが死んだことも真希を驚かせた。

さらにその数日前には二〇二〇年の東京オリンピックが一年延期になった。よりにもよってこんな時にオリンピックの担当国になっているなんて、日本はとことんツイていない……真希にはそう思われた。そしてその中止のニュースを機に、急に東京・大阪で「ロックダウン」が始まるのではないかという噂がまことしやかに流れだした。

真希は時代の大波にさらわれそうになったが、ひとまず数日後の手術が無事受けられそうなことにほっと一息ついた。今日はコメディアンが死んだ日の雪も溶け、病院まで無事タクシーを呼ぶこともできた。真希は着替えや、日用品、そしてぬいぐるみと聖書を持って、成斗とともにタクシーに乗り込んだ。タクシーが寄せてきた新築マンションの入り口は、季節の花が白やピンクに咲き乱れ、綺麗に管理されていた。

真希はクリスチャンではなかったが、キリスト教系の中高を出ていたため、聖書を読む習慣があった。このがんが判明した期間、真希は今まで持っていた新共同訳の聖書に加え、二〇一八年に出た聖書協会共同訳の聖書も買いそろえた。注釈もついた立派なものだ。今回持っていくのは、その新しいほうだった。

真希は感染症の予防のため、奮発して個室を選んでいた。お金はかかるが、落ち着いて思索もできるし、自分で仕事で稼いでいたので、こんな時くらい、好きなことに使いたいと自分に言い聞かせた。

部屋は、トイレもシャワーも付いた快適なホテルのような場所だった。大きなビルで構成されている大病院の上層階が入院病棟だが、真希の個室は高層階で景色もよく、新都心の駅前を一望できた。そして部屋は扉や家具が茶色い木目調になっていて、高級感を漂わせていた。真希は病院らしくないこの空間に安心感を覚えて、しばらく手術のことから目をそらすことが出来た。

感染症予防のため、付き添いは手伝いが終わったら、すぐに帰らねばならなかった。成斗はひととおり身の回りの世話をしたら、真希の手を握った。手の温かみが感じられた。「がんばって、大丈夫だから」成斗は真剣なことを言う時に、口元が真一文字に横に広がる表情を見せた。「わかった、うん、がんばる」「じゃあ、明日、朝来るから」成斗は真希の目を見つめて帰っていった。

一人になると寂しくなり、真希は横浜に住んでいる母にも電話することにした。お見舞いに来る予定だったが、コロナのために来れなかった。母は心配性だから、気をもんでいることだろう。昨日、変な夢も見た。母と土門響と霊媒が重なり、彼女らが死んでゆく夢。彼女たちはなぜ死んだのだろう。彼女たちは誰のために死んだのだろう。真希のためだろうか、自分たち自身のためだろうか、それともがんで死にゆく世の人たちのためだろうか。

「ママ、真希だけど」

「ああ、真希ちゃん！　大丈夫？　無事、病院入れた？」

「うん、すごくいいところ。トイレもシャワーもついていて、新築のホテルみたい。窓からスーパーアリーナも見える」

「よかったわね。でも緊張してる？　大丈夫だからね！」

「うん、なんとか」真希は改めて自分が緊張していることに気づかされた。

「ママ……ね、真希ちゃんをこんなふうに産んでごめんねって言いたくて……真希ちゃんは病気ばかりで」母が今まで言ったことのない、妙に後ろ向きなことを言ってきて、真希は憮然とした。

真希は手術の緊張がこの言葉で一気に吹き飛んだ。まるで自分が敗者の烙印を押されたかのようで、無性に腹が立ってきた。

「ママのせいじゃないよ！　ママはなんでも自分のせいにするんだから」

「ごめんね、でも真希ちゃん、いつも苦しんでるから」母はいつものように息をたくさん使い、喘ぐように語りかけた。

「勝手に背負い込まないでよ、私だってちゃんと自分で生きてきたんだから！」涙がにじんで、電話をぶつっと切った。真希は自分の不幸を他人のせいにはしたくなかったし、そうする自分を、誰より自分自身がゆるせなかった。

心配した母から何度も電話がかけなおされてきたが、真希は電話を取らなかった。母は自分が運がいいのが自慢の人だった。一九四五年の一月末に早産で生まれ、なんとかその年の三月の東京大空襲の難を逃れた。空襲の焼夷弾のはざまを抜けて、運よく生き残ったのだ。予定通りの出産なら、春の戦火に命が消えていたかもしれない。

祖母が才覚のある人で、母は最良のものに囲まれて生きてきた。夫の稼ぎは良く、家に祖母が買い与えた陶芸の電気窯があり、友人関係も良好で、子どもは幸いなことに名誉ある職に就いた。真希は有期雇用のことを常に気にしていたが、外から見ている母には有期でも無期でも大差なかった。

それでもその母が「こんなふうに産んでごめんね」などと、真希のことを落伍者のように扱うことが真希にはゆるせなかった。「ふざけるな」と真希はこころの中で叫んだ。「ママが敗者になるのは勝手だが、私が苦労して築き上げてきたものを、勝手に負け犬にしてほしくない」

何度目かに母が電話をかけなおしてきたとき、仕方なく取った。真希は完全には悪者にはなりきれない、甘ちゃんだった。

「ごめんね、真希ちゃん……真希ちゃんは強い子だから、絶対大丈夫。ママは、おっぱいなくなったけど、なんとかやってるよ」母も六十代の時、左乳房を全摘した。

「うん、そうだね、ありがとう」真希はようやく母から期待していた強い言葉を聞くことが出来て、安心した。母にはいつも強くたくましい言葉をかけてもらいたかった。

「まあ見かけは悪くなったけど、命取られるわけじゃないから。真希ちゃんはホント、昔から運がいいよ！　こんなに早くがんが見つかって。命運のある子なのよ。本当に！」

「そうだね、ママ、ありがとう」真希は期待通りの答えをもらって、ようやく電話を終えることが出来た。

真希は病室で少しの間、一人になり、持ってきた聖書をぱっと開いてみた。預言者エレミヤが、バルクという人に語った神の言葉がとびこんできた。

「わたしは建てたものを破壊し、植えたものを抜く。全世界をこのようにする。あなたは自分に何か大きなことを期待しているのか。そのような期待を抱いてはならない。なぜなら、わたしは生けるものすべてに災いをくだそうとしているからだ、と主は言われる。ただ、あなたの命だけは、どこへ行っても守り、あなたに与える」

真希は自分があまりに時機を得た聖句を引き当てたことに驚き、身震いした。そうだ、私は勝者なんだ。チューリングの指輪をもらわなかった勝者なんだ……体の芯に力がみなぎるのを感じた。

「私はどんな厳しい時代になっても生き抜いてみせる。片胸になったって、絶対生き抜いてみせる。私は選ばれた人間なんだ。私は勝者なんだ……」真希は異様に高揚して、病室にある鏡の前で、ガッツポーズした。何もない病室は静まりかえっていた。


その後しばらくして、真希は入院のための書類仕事をした。そして明日の手術のための数々の診断や面談が、ベルトコンベアのように周到になされていった。看護師、薬剤師、医師、麻酔科医、皆が非常にてきぱきとしていた。真希はそのたびに、自分の手術はまったく人並みであることを自覚させられた。

ただその中で、真希が度肝を抜かれたのが、全身麻酔のことだった。真希は説明を受けるために紫色の扉を開けて例の特別の部屋に入った。看護師から渡された説明書にはこう書かれていた。

「全身麻酔は点滴から静脈麻酔薬を投与して開始します。注入すると数十秒で意識がなくなります。呼吸も止まるため、全身麻酔では呼吸を維持するために人工呼吸器を装着します」

「え、呼吸、止まるんですか」真希が非常識だったのかもしれないが、思わず看護師に向かって声を上げげた。「あは、そうなんですよ～」愛想のいい看護師が、冗談めかして笑った。この病院では特別な部屋に色づけされるパステルカラーの紫色が、看護師の黄味がかった肌の色と補色になって、残像がちらついた。真希もこの看護師なら何を言ってもゆるされると思い、「それって、死ぬってことですよね？」と問い詰めた。すると看護師が、「いや、人工呼吸器つけてるんで、絶対死ねませんから！」と高笑いした。肌の色と紫色の補色の残像で、視界全体がめちゃめちゃになった。

「ああ、いったん死ぬんだ、わたし」真希は唖然とした。しかし次の瞬間、解放というのはこういうことかと思われた。「ああ、ずっと悩んでいた四十二歳のカルマがこんなふうに解消されるのかもしれない……いったん私は全身麻酔で死ぬ、そしてまた生まれ変わる。そういう人生の節目なんだ」真希は明日の手術が大勝負であることを自覚し、戦慄した。

17

二〇二〇年四月一日、エイプリルフール、手術の日。真希の手術はその日の乳腺の三つの手術のうち二番目だった。前日は睡眠薬を処方されたが、真希は思ったよりよく眠れたことに驚いた。勝負の前の独特の緊迫感があった。塵一つない病室は、入った当初はホテルのように安心できたが、いざ手術を前にすると、その綺麗さゆえに緊張を誘った。

朝、十時、決められた時間どおり、成斗が立ち合いのために病院にやってきた。コロナの影響で、時間より早く来ても、受付で入れてもらえないからだ。成斗はいつものように寝癖をつけて、静かにやってきた。

成斗も真希と同じくらい緊張しているようだった。そういう時のお決まりで、成斗はあまりしゃべらなかったが、持ってきたぬいぐるみを動かして、真希の気を引こうとしてくれた。子どものいない夫婦にとって、ぬいぐるみはこころのなぐさみだった。夫婦は旅先などで、決まってお気に入りのぬいぐるみを買ってきた。

たくさんあるぬいぐるみのなかで、病院に持ってきたのは、真希の飼い猫にちなんで「しいたけ」と名づけられた小さな柔らかいぶち猫のぬいぐるみだった。結婚したばかりの時、成斗が真希の誕生日にプレゼントしてくれたものだった。

真希の実家の飼い猫は、「にゃー」ではなく「めー」と鳴く。それをまねて、成斗は「めー、めー」と真希の前で鳴いて見せた。その「めー」と鳴く真希の飼い猫は、餓死寸前の野良状態から大学院生の真希に拾われた勝負強い猫だった。

その猫の挙動から、どうやらどこか他の家で飼われていたことがある猫らしかった。あの子は、どこから来たのかも、どこへ行くのかもわからない。背中にあるキノコのような模様から「しいたけ」と名づけられたその猫は去年の秋、年老いて、腫瘍ができて亡くなった。ああ、しいたけも、がんで死んじゃったんだな、と真希は思った。

しいたけが亡くなる日、真希は銀河にたたずむ猫の夢を見た。夢の中のしいたけはじっと真希のことを見ていた。あのしいたけはどこへ行ったのだろう。そして私はどこへ行くのだろう。真希は経験的に、どこかのうちでペットが亡くなると、その主人も亡くなることが多いということをぼんやりと思った。私もしいたけのいるところに行ってしまうのだろうか、しいたけは私を冥府に誘わないでいてくれるだろうか……

そんなことに思いを馳せていると、看護師が部屋にやってきて、「時間です」と言った。病室の家具の木目が妙に鮮やかに見えた。ついに手術の時間だ。真希は覚悟を決めて、成斗の顔を見て、目配せした。そして成斗と真希は、二人で四階の手術室の前まで一緒に向かった。当然、まだ真希も元気なので、二人でビジネス街を歩くように、てきぱきと歩いた。

手術室の前の自動扉まで来た。大きな四角い半透明の扉だ。緊張が高まってきた。でも真希は弱音を吐かないよう、成斗とグータッチをした。今の読売巨人軍の監督がかつてしていたグータッチだった。真希は野球ファンとしては明確にアンチ巨人だったが、この時は自然とグータッチになった。あの平和な勝者の雰囲気にあやかりたかった。

「グータッチはめずらしいですね」付き添いの看護師が言った。

「そうなんですか」ほかの人たちは、こんな時、どんな挨拶をするのだろう。もしかしたら最後になるかもしれない挨拶をどんなふうにするんだろう。そんなことを思ったが、訊いている暇もなければ、訊く勇気もなかった。

歩みを進めると、目の前の自動扉が開いた。手術室は思ったよりがらんと広く、金属機械が多くて全体がメタルな雰囲気の殺風景な部屋だった。そしてそこにいたのは、知っている乳腺の医師ではなく、知らない人々だった。皆、青緑の清潔な手術着を着ている。

彼らのうち、少なくとも数名は麻酔科医であることは間違いないが、このあと、私の知っている乳腺のナイスガイたちが来るのかどうなのか、真希には分からなかった。大病院のアドミニストレーションは真希にはまったくよく分からない。これもまた、訊いている暇もなければ、訊く勇気もなかった。

知らない人たちとの会話は、驚くべきほどてきぱきと進んだ。

「お名前は」

「向坂真希です」

「手術をするのは、どこですか?」

「右胸です」

「じゃあ、わたくし＊＊＊と言います」

執刀医なのか麻酔科医なのか、相手はあまりにてきぱきとしゃべるので聞き取れなかった。何か他にも言っていたが、手術台の強い光と緊張で掻き消された。

「じゃあ手術台に上がってください。こちらが頭です」

「ああ、自分で手術台に上がるのか」そのことにも真希はびっくりした。高くて小さい緑色のベッドに自分から上がった。画面に脈拍や心電図や、その他、真希がよく知らない自分の生体情報が映し出された。手術台の上にある強い白熱灯が一つずつ点灯した。ついに始まった。真希は明るすぎて、白熱灯をはっきりと見ることはできなかった。
「はい、眠くなりまーす」大きな声が手術室全体に響いた。
一瞬で、意識は飛んだ。

私は成斗と一緒に車に乗っていた。成斗が小さい頃、家族で乗っていたマークⅡだ。運転しているのは、何か見覚えのある女だった。車は入道雲のような大量の雲の中をすいすいと走っていた。荒い運転で、しばしば脱輪しそうになった。そして今まで周りを取り囲んでいた青空は突然消え、点描のような大きな星空が広がった。空の下の方は、漆黒の暗闇で、夜空と深淵との区別がつかなくなった。そこにボールのようなかたちをしたおっぱいが、大量に投げ込まれ、底知れない暗闇の中に無数に落ちていった。その瞬間、私は雷に打たれた。星空から放たれた真っ青な閃光に打たれた。運転していた女は笑った。大声をあげて笑った。気づいたら、私と成斗は陸地にいた。その時、目が覚めた。

ついに終わった。ついに終わったのだ。ついにカルマが終わったのだ――
しかしその時、真希は今のはなんだったんだろうと思った。自分が夢から覚めたことにも気づかなかった。誰かが何かを言っていた。目の前には強い光があった。真希はしゃべろうとしたが、しゃべれない。息をしようとしたが、できない。必死になって、何か言おうとした。そしてなんとか絞り出した言葉がこれだった。

「しゃべれません、息もできません」

「向坂さん、大丈夫ですよ、呼吸もできてますすし、脈もちゃんと打っています」周りにいる知らない人たちが、てきぱきと答えた。

真希はその時、ああ、自分は手術をしていたんだということに初めて気づいた。「死の淵から生き延びたんだ」ということに初めて気づいた。

「ありがとうございます、ありがとうございます……」真希は三度、手術室の誰かわからない人たちにお礼をくり返した。四十一歳十一カ月のカルマが払われたんだ。真希は感慨にふけった。まだ眠く、意識は途切れ途切れだった。

帰りはそのままストレッチャーで病室に運ばれた。酸素マスクをつけて行くと、成斗が嬉しそうに、春先に虫が出だした土のようにほころんだ表情で待っていた。手術前に緊張を掻き立てた綺麗すぎる病室は、とたんにホテルのような空間に変貌し、真希はＶＩＰでもてなされているかのような、得意げな気持ちになった。

「やった」

「やったね」

真希はその後のことはあまり覚えていないが、酸素マスクが外れる直前、写真を撮ってもらおうと思い立った。このどん底を記録しておきたい、このどん底を覚えておきたい、そう思ったからだ。

「なるちゃん、スマホで私のこと撮って」成斗はちょっとどぎまぎしながら、はい、チーズと言った。真希は親指を上げ、ポーズを取った。

「はい、撮れたよ」

真希は自分の写真を見て、思いのほか、元気そうなことに驚いた。写真に写ったその笑顔は、いつになく自信に満ちた表情に見えた。

「なんか、私、元気そう」

真希は自分の生命力にびっくりした。自分はまだ大丈夫なんだ、そう思うと同時に、生命というものの自律性にうろたえた。こんなに大きな傷を負っているのに、生命は今も脈打っているんだ。自分が着ている手術着の青緑が、夏の青空のように見えた。その時、真希は、自分が《クラウドジャーニー》という夏空の名作を持っていたことを改めて思い出した。「そうだった、そうなんだ、自分は選ばれた人間なんだ」感慨にふけっていると、看護師が口を開いた。

「じゃあ、向坂さん、パジャマ着ましょうか」

「あ……はい」

「じゃあ、ご家族の方、傷が見えるので、席を外してください」

「ああ、なるちゃんは出て行っちゃうんだ」真希は意外に思った。家族でも傷を見せてもらえないのか。真希はいつ成斗に傷を見せようか、手術前から考えていたし、まだ自分ですら傷を見ていないのだ。だから一緒に見て、気持ちを共有したかった。

第一、成斗は私より先に、切り取られた私の乳房を見ているはずではないのか。確か真希の母の手術の時は、母の胸の肉塊を家族みんなで見た覚えがある。それならば、何の責任かわからないが、できるならこの喪失の責任も成斗に放り投げてしまいたかった。しかし、真希はこの傷に一人で向き合わなければならないことに重圧を感じた。

看護師は薄いピンクのタンクトップを戸棚から取り出し、そして手際よく着せてくれた。その合間に、自分で上から傷を確かめた。傷は横に一文字に深く入っており、そして胸はなくなったというより、むしろえぐられていた。自分のあばら骨がはっきりと見えた。魚を三枚におろしたようにげっそりとしていた。真希は予想はしていたものの、愕然とした。

「綺麗な傷ですね」看護師は真希のことを幸運だと言わんばかりに、「綺麗ですね」と繰り返した。

「すみません」しかし真希はその誉め言葉にはついていけず、思わず、吐き気を催し、胃液のようなものを嘔吐した。食べていないから、吐くものもなかった。胸のえぐれ方が、思った以上に大きな衝撃だった。

「だいじょうぶですよ。だいじょうぶですよ」看護師はそれだけ言って、背中をさすった。そうなんだ、大丈夫なんだ、乳房を失ったって、死ぬわけじゃないんだ。それはわかりすぎるくらいわかっていた。


面会時間に制限がある成斗は、真希が自分の姿に唖然としていることを知らず、帰って行った。真希は麻酔が覚めてきてから急速に傷が痛みだし、肩に痛み止めの注射を打ってもらった。それでも傷は激しく痛み、わずかに摂った夕食も、すべて痛みで嘔吐した。そしてようやく尿意を催し、先ほどとは違う看護師に介助をしてもらって、例の青い尿を出して、痛みに震えながら疲労で体を横たえたのだった。

夜は睡眠薬と痛み止めの両方を追加したが、ほとんど一睡もできなかった。しっかり眠った前日とは大きく違っていた。ポストカルマの人生は楽じゃない。二人に一人ががんになるからといって、それが楽なわけではないんだ。

もう乳房も一つなくなった。元の美しい体ではない。真希は手術前、自分の体がとりたてて美しいと思ったことはなかった。両親も成斗も、そういうところで真希を評価しないことは分かりきっていた。でも真希は鏡に映ったかつての自分の体を思い出し、ああ、あの頃は美しかったなと素直に思った。永遠にあの私は失われたのだ。あの猫のような曲線は失われたのだ。

美はそこにある時には気づかないものだ。失われて、初めて気づく。祖母も母も、手術のあと、こころも体もこんなにつらいなんて、言ってくれなかったな。そんなことを思ったが、それは真希を安心させるように言わなかったんだなと彼らのこころ遣いに思いを馳せた。

何も言わないからといって、思っていない、感じていないわけではない。世の中の平常運転の中で、沈黙の中に失われる様々な思いがあることを、真希は思い知ったような気がした。乳房を失った人など、世の中には星の数ほどいるだろう。でもそういう声にならない声が、暗い宇宙のように地球全体を取り囲んでいる。

その夜、真希は底知れない夜空に潜るように、自分の気持ちと向き合った。そういえば、八年前に福島で星空の深淵を三人で見たんだ。それはまだ知らない星々がある、深い深い宇宙の中心にいるようなこころもちだった。自分でもそれが何なのか、今の気持ちが何なのか、あの時の気持ちが何なのか、うかがい知ることは出来なかった。

18

手術から一夜明けた二〇二〇年四月二日、真希は痛みでほとんど寝られず、一晩中考えこみ、体は別人のもののようで、ただ茫然としていた。そこへ、何時ごろか、看護師が入ってきて、今日から感染症予防のため完全な面会禁止になったと伝えてきた。

お見舞いはもちろん、手術の立ち会いも禁止、退院日の付き添いも無理と聞き、愕然とした。自分が手術をしたのが、本当にぎりぎりのタイミングであったことを思い知った。そしてそんなことを思っている間にも、何件も、「緊急車両」が来た旨の院内放送が聞こえた。コロナとは言わなかったが、きっとそうなのだろうことが予想された。

その日の夜の回診あたりから、乳腺のナイスガイたちがざわつき始めた。

「向坂さんは早く退院しないの？」いつもの担当医ではない、より陽気な感じのする医師が尋ねた。忙しいせいか、白衣がよれよれで、こちらを少し不安にさせた。

「外来のほうが危ないんじゃないですか？　早く退院したり、管を抜いたりするために頻繁に病院に来なきゃいけないんですよね？」真希は外来診療のほうが、コロナに感染する確率が高いと思い、訊き返した。真希の体には、まだドレーンという血を吐き出す管がついていた。

「するどいね、向坂さん」いつもの医師が神妙な面持ちで言葉を発した。

「こんなにいい個室に入れてもらっているんで、まあ管が抜けるまで、予定通り一週間くらいいさせてくだささい。そのほうが安全かと思うんで」真希はあまりに体がだるく、これで自宅に帰ったら、何も一人ではできないだろうと思い、提案してみた。こんな手術の次の日に退院させられるなんて、何かあったらどうするんだろう。

乳腺のナイスガイたちは黙りこくった。その黙り方に、真希は事の深刻さを感じ取った。しばらくの沈黙のあと、数人の中で一番年長と思われる医師が言った。「じゃあ、次来る時は五月の末くらいにするから、とにかく外来うろつかないで帰ってくださいね」そう言い残し、医師たちは足早に去っていった。

医師たちが帰って行ったあと、初めて会う看護師が現れ、渋谷の同系列の病院から事情があって埼玉に来た旨を話してくれた。そして渋谷の彼女の病院では初診外来もすべて休止ということを興奮気味に話した。初診外来が禁止なんて、私がその時、がんと診断されていたらどうなっていただろうと、空恐ろしくなった。真希は自分が手術に気を取られているうちに、世間は大変なことになっていることを知った。

真希は横浜の母に電話した。手術前に電話した時は、ちょっと喧嘩ぎみだったし、昨日の手術直後は具合が悪くて、電話できなかった。成斗に手術の近況は知らせてもらっていたが、声を聞かせて安心させたいと思った。母は心配性だった。

「ああ、真希ちゃん、大丈夫？　なるちゃんから無事って聞いていたけど、昨日は電話がなくてものすごく心配してたのよ」

「ごめん、すごく疲れていて、すごく痛くて、電話できなかったの」

「あら、かわいそうに」

「なんかすごいことになってる。今日から手術の立ち会いも、面会も、全部禁止になった。お医者さんに早く退院したらって言われた。まだこんな痛いのに」

「あら、断ったの？」

「だって、外来であとで管抜きに来たほうが危ないもん。こんな弱ってたら、ぜったいコロナ、感染する、わたし」

「そうね、そうだわよね。でもほんと、なるちゃんに手術、立ち会ってもらえてよかったわね。それにしてもほんと、変な年ね。二〇二〇年は、ほんと、変な年」

母はそう繰り返した。真希もそう思わずにはいられなかった。真希は、母にも誰にも告げていなかったが、二〇二〇年は四十二歳のカルマがある年であったわけだが、しかしこんなコロナで苦境に陥っている世の中も相当に変だった。

これはいったいなんなのだろう。その年の一月、真希はこの肺炎は、自分のがんとともに消え去るだろうと願をかけていた。当初は、「専門家」も含め、皆、楽観視していた。しかしそれからというもの、どんどん感染が広がり、真希が乳がんで右胸を失ったのに、ぜんぜん状況が収まらない。

一日当たりの感染者がしばらく前から百人を超えるようになり、六本木、麻布、銀座、新宿、世田谷など、皆が憧れだった場所でリンクが追えない患者が増えてきた。バベルの塔の崩壊なのだろうか。大都市、人口密集、グローバル、皆が頼りにしていた価値観がすべて崩れつつある。

真希は昔、東京の美術館の館長が、埼玉には盆栽美術館しか面白い美術館がないと言っているのを聞いて腹を立てたのを思い出したが、今回のコロナの件で、混雑する美術館ほど敬遠され、真希はいとも簡単に復讐を果たしてしまった。

こんなに簡単に復讐を果たせる世の中はいいものなんだろうか。因果応報がこんなに簡単に果たされてしまう世界なんておかしいと、真希は思った。神は怒っているのだろうか。これが終末なのだろうか。確かに世界には行き過ぎたところがあったことは確かだ。

アルベール・カミュは『ペスト』の中で、疫病で子どもが死んだ時、それが「理解できないこと」と嘆いた。しかし二〇二〇年の悪魔的な世の中では、むしろコロナで人が死ぬこと、そして経済活動が抑えられることとは、世界の摂理からは「理解できすぎた」。客観的に見て、このウイルスがはびこって、不利益をこうむるのは人間だけであり、人間以外のすべての生命、環境は、これを好都合と思うだろう。「理解できない」のは人間だけだ。

がんも感染症も、人間という視点から見れば、絶対に避けなければならない脅威だ。共存はほとんど不可能であり、抱き込めば死ぬ。でも一歩離れて、地球や環境から見れば、むしろプラスのものであることは間違いないし、悪魔のような人間を一人でも減らせる最高のチャンスだった。国内外の論客たちは、コロナは資本主義に対する挑戦であり、人口密集、都市社会に真っ向から反発するものであること、自殺的グローバリズムをコロナによって、かろうじて食い止めることができていると語っていた。

真希はがんが発見される前、そして新型コロナが流行する前、研究のために『生まれてこなければよかった』というタイトルの書物を買ったのを思い出した。その頃流行《はや》っていた反出生主義の本だ。真希は確かに人類や人間が治める人新世に対して疑問を持っていた。そして人間はいつかその報いを受けなければならないとも思っていた。しかしだからといって「生まれてこなければよかった」とは一度も思ったことはなかった。

苦労がある人生は、ないほうがいいのだろうか。そして人間と地球との綱引きは、ゼロサムゲームなんだろうか。人間は地球にとっていないほうがよかったのか、それとも人間はあらゆる生物や無機物より価値ある存在なのか。真希はそのどちらにも全面的には加担できないと思った。私たちはその間のあいまいな領域で生きていくしかないのではないかと真希には思えた。

二〇二〇年四月五日、真希は手術を終えて以来、初めて髪を洗ってもらった。コロナの騒動で看護師が足りていない中、時間を割いて、看護助手の女性が髪を洗ってくれた。美容師ではない人に髪を洗ってもらうのは、ひょっとしたら、子どもの時に母に洗ってもらって以来、初めてのことかもしれなかった。

真希はすがすがしい気持ちになった。それまでは体がつらく、経口補水液ばかり飲んでいたが、気持ちがよくなり麦茶を飲んだ。その日、東京では一四一人の感染者、全国の感染者は二二三九人、死亡は七〇人だった。世界の感染者数も一一〇万人を超えた。「#うちで過ごそう」が世界のスローガンになりつつあったが、真希はもとより術後で動けないので、好都合でもあった。感染状況はひどいものだったが、真希は解放感にひたり、土門響に電話したくなった。

手術中に雲の中を走る夢を見ていたことを話したかった。雷に打たれたことも話したかった。きっとあの運転していた見覚えのある女は、土門響に違いない。夢の最後に笑っていた。大声で笑っていた。自分も成斗もきっとあれに救われたんだ。

「響さん！」

「……っま、真希さん……っ」真希は土門のどもりを久しぶりに聞いて、安心した。

「四日前に無事手術が終わったんです」

「……っよか……った」土門の言葉は実直だった。響とは社交辞令じゃなく語り合える、そのことを確信できた。

「なんか手術中、《クラウドジャーニー》みたいな雰囲気の夢を見ていたんですよ。雲の中を車で走っていて、なんか運転手が土門さんみたいで、最後になんと雷に打たれたんです」

「……っすごい……っか、か、か、か、か、か、かっかみなり」

「そうなんです、《クラウドジャーニー》みたいに、青い閃光に打たれたんです」真希は嬉々として語った。電話の向こうでは、土門が笑っているようだった。そしてしばらくの沈黙があった。

「……っ……っひ、ひ、百年……っ生きてください」真希は土門が想定外の言葉を発したので、すごく驚いた。

「あ、ありがとうございます……土門さんがそんなこと言うなんて、思ってもみなかった」真希は不思議な感慨にふけった。土門のように世界との摩擦が極度にあるタイプでも、命は長い方がいいと思っているのかと驚きを持って聞きいれた。

「あ、でも、百年生きて、何かいいことあるかな……」自分で発して、これは残酷な問いだと、真希は思い、言ってから後悔した。

「…………」土門はしばらく黙っていた。そしてしばらく考え込んだのか、それとも最初から用意していた答えなのか分からなかったが、彼女は言った。

「……っ手……っ手で……って、てんが、っ打てます……」

「あ、そうだ」真希は感嘆した。

「……った、た、た、た、た、た、た、た、た、たったくさん点が打てます」土門はいつになく連発した。でもそれは「たくさん」を表現するため、わざとどもっているのかもしれなかった。真希は、十九世紀の点描画家のジョルジュ・スーラが、時給で絵の値段を決めていたことを思い出した。たしかスーラも口下手だったんだよな。

「そうだ、生きて土門さんの星空を見なきゃ」真希は電話越しに涙をこらえた。

「……」土門はだまっていた。

「ありがとう、土門さん」

「…………………っいいえ」

美を生み出せる土門のような人は、自分みたいに命の価値に迷ったりしないのかもしれない。

土門は、世の中との間に数々の不一致を抱えつつも、懸命に生きていた。真希もまた、二度の病気を乗り越え、学者としてもまだ途上にあり、日々奮闘していた。コミュニケーションに摩擦を抱えて生きる土門とは、そういう苦労話をせずとも、心が響きあえた。土門は真希にとって、戦友だった。

真希は入院先で、家にある《クラウドジャーニー》の透明な輝きに思いを馳せた。真希の想像の中では、作品は今、まさに青い閃光を部屋一面に浴びせて、そして少し休んでいるところだった。そして次に来る夏の入道雲のような青くて白い空が恋しく思われた。もうすぐあの作品に会える、またあの家に帰れる。私は生きて《クラウドジャーニー》に再会できる。きっと作品も喜んでくれることだろう。真希は大勝負に勝ったスポーツ選手のような達成感を味わい、こころに情熱の焔を燃やした。

19

二〇二〇年四月六日。真希はその日の明け方、COVID-19と書かれた真っ黒な横断幕がかかり、日本国民が皆、ミミズみたいなはいつくばってぺたぺたするへんな虫を抱えて生きていく夢を見た。数日前から、カミュの『ペスト』を一人病室で読み直していたが、そこで述べられていた洞察の中に、ペストと戦うのに必要なのは「誠実さ」であるという記述があった。日頃の行いを、いつも通り、愚直にやる「誠実さ」が必要だとあった。

真希は肉体的な制限がある今、あまりに愚直に生きていた。毎日体温を測り、尿と便の回数を記録し、血圧を測り、医師の回診を受け、病院食を三食平らげた。これが「誠実さ」でなくて何だろうと真希は思った。

でもこの先、世の中はどうなっていくのか分からない。暇つぶしにつけたテレビでは、コメンテーターが「これからが本当の地獄ですよ」と無責任にまくしたてた。真希はこれからも大学教員を続けられるのだろうか、大学というものは存続できるのだろうか、そもそも自分と成斗の雇用は継続するのだろうかと、何やらいろいろな懸念が持ち上がった。

そんなことを考えていると、忙しくて普段あまり病室には来ない医師が、突然、傷口から出ている管を抜きに部屋に入って来た。

「向坂さん、もう明日、退院できますよ」

「え、ほんとですか? 嬉しい!」真希は素直に喜んだ。個室で三食、食事が出る生活は、なかなか悪いものではなかったが、しかし家に帰れるのは、長距離飛行で、旅客機が着陸する時くらい、嬉しかった。もうこのホテルのような部屋ともお別れだな、いい人だけれど、面倒な人から解放される時のような、非常に活力に満ちた気持ちになった。

退院できる感慨にしばらく浸っていると、突然、午後六時前にテレビで速報があった。明日、「緊急事態宣言」というものが日本に発出されるらしい。一国の首相が記者に囲まれていた。宣言は、東京、神奈川、埼玉、千葉、大阪、兵庫、福岡の七都府県に出され、外出制限や休業要請がなされるという。「そんなこと、大戦中じゃあるまいし」真希は不安に思った。インターネットの論調でも、私たちの主権が脅かされる生活が今後やってくるのではないかという懸念の投稿が相次いでいた。そしてこうして簡単に歴史の只中に投げ込まれることに真希は戦慄した。

首相の言葉を聞きながら食べた病院の最後の夕食は、鰆の蒸し魚のおろしポン酢、冬瓜の煮物、ふきとタケノコのきんぴら炒めとご飯で、エネルギー五四六キロカロリー、たんぱく質二三・二グラム、食塩相当量二・四グラムの食事だった。魚には骨一本なく、真希はこの完璧に管理された病院食に感服した。第一次世界大戦は四年、第二次世界大戦は六年続いた。いずれも始まった時は、すぐ終わると思われていたものだ。これから世界はどうなるのだろう？

その日の晩、病室に備え付けられていた手指消毒のためのアルコールジェルが看護師によって回収された。看護師は病室にも入る暇もないといった感じで、廊下から真希の部屋のアルコールジェルに手を伸ばした。「明日退院だからですか？」と真希が尋ねたら、「いえ、これは医療者用のもので、コロナで……」と看護師は言葉を濁した。「ああ、こんなものまで足りなくなっているんだ。戦時中みたいだな」と真希は恐ろしくなった。


二〇二〇年四月七日、医師が退院後のことについて足早に説明しに来た。

「じゃあこれからはホルモン治療しますから」と医師はなんでもないことのように事務的に告げた。

「え……乳房を全摘したのに、そんなことまでしなきゃいけないんですか？　たった五ミリの病巣だったのに」真希は手術後の達成感が大きかったからなおさら、不安に突き落とされた。

「がん細胞は、一個でもあったら、全身を蝕むんですよ。がん五ミリで一億個のがん細胞があるんです。向坂さんのがんは幸いホルモンが効くがんですから、体に散った微細ながん細胞を殺します」

「……どのくらいかかるんですか」真希はせいぜい数カ月と思って医師に訊いた。

「だいたい五年ですかね」

「……」真希はあまりの長さに絶句した。

「副作用はどんなものがあるんですか」

「生理が止まる確率がかなりあります。それに生理があっても妊娠はできません」

真希は目の前が急に真っ暗になった。「そんな重要なこと、片手間に言うなんて！　子どもが欲しくないのと、実際に持てないのとは違う。私は今まで、その微妙な振れ幅のなかで生きてきたのに。ああ、これじゃ、チューリングじゃないか、チューリングは確かホルモン剤が遠因で自死したんだよな。私はチューリングの指輪をもらわなかったから、大丈夫だということだろうか」真希はこころの中で思考をめぐらしながら、病室の曇りのない鏡を見つめていた。

「また病気か……」真希は自分の運命にあきれかえった。夢の中で指輪をもらわなかったことだけが救いだった。でもそれ以外、何の拠りどころもなかった。わずかな夢の片鱗だけが、今は頼りだった。

感染症予防のため付き添いはゆるされないので、真希は傷が痛む中、一人で大荷物を持って、タクシーに乗った。といっても、感染症を恐れてか、タクシーは病院には停まっておらず、道で流しで走っているタクシーに乗り込んだ。

自宅にはすぐに着いた。成斗はマンションの入り口で待っており、大型犬が笑ったような嬉しそうな表情を見せた。本当に成斗は、動物のように愛すべき存在だと、真希は実感した。

そして自宅には、今まで通りちゃんと《クラウドジャーニー》が飾ってあった。白い壁を正方形に穿つように、得も言われぬ不思議な色で照り輝いた。青と紫と緑、いつもの夏の青空とは少し違う様相が、春の明るい陽光の中に溶け合った。久しぶりに《クラウドジャーニー》に会えたことは快心の喜びであったが、いつもとは少し違う様子で輝いていることに、真希は若干の不安を覚えた。ホルモン治療のことも、頭をもたげていた。

真希は一週間ぶりに家に帰ったわけだが、成斗は手術のことについて、胸の喪失について何も言わなかった。まだ補正用のブラジャーは届いていない。真希は着替えの時に成斗に胸を見せようかとも思ったが、なんとなく気が引けて、なかなか見せる気にはなれなかった。

成斗は私の切られた後の胸の塊を見たのだろうか？　自分の母の時のように組織を見せられたのだろうか？　私のがんはどんなだったんだろう？　やっぱりがん細胞は、悪辣な見かけをしているのだろうか？　喉元まで出かかったが、訊くことはできなかった。アウシュビッツで強制収容所の煙突の数を正確に言ったホロコーストサバイバーが狂言だったことは有名な話だ。一番気にしていることは、簡単には話せない。胸の話は当分できないと真希は思った。

手術後、胸がないことやホルモン剤への不安が胸をよぎり、真希は十年ぶりに薬箱の精神安定剤をあさった。手術前も手術中も飲みたいとは思わなかったが、今、将来に対する漠然とした不安で、あれをあおらずにはいられなかった。

膠原病の治療の時、とりわけ無菌室にいた時、こころがつらく、もう入院生活に耐えられないと言ったら、医師が処方してくれた薬だった。その時処方されたものが、あと五錠くらい余っているはずだった。あの時もらった精神安定剤を、お守り代わりに大切に取っておいていた。

真希は数年前、もう膠原病が寛解になってから、雇用の更新期限が迫った不安な時期に、あの薬が欲しいと医師に相談したことがあった。

「あの薬、くれますか?」真希は自分でも何を言っているのだろうと、情けなく思った。

「あの薬って、なんですか?」膠原病科の医師が怪訝そうに訊いた。

「あの、いつだかベッドで動けなかったときにくださった、あの気持ちよくなる薬です」

「ああ、あれ、だめですよ。やめられなくなりますよ」医師は迷惑そうに言った。

「でも……」

「将来、子ども欲しいんでしょ。女の人はね、煙草だってなんだってね、いったん始めるとやめられなくなるから」真希は憮然とした。自分は成斗と子どもが欲しくて結婚したわけではない。女には薬を飲む自由も与えられていないのかと悔しかったが、言葉が見つからなかった。

それ以来、もうもらえないと思い、あの薬は大切に取っておいた。思えばもう母になる必要などないから、いつでももらえるんだ。どんなひどい目にあっても、きっとこの薬を飲めば楽になる。薬箱をあさったらまだ六錠手元に残っていた。もう表面のフィルムがすすけていた。それを真希は、十年ぶりに思い切って二錠飲んだ……三十分くらいすると、気持ちがすーっと楽になった。もう何も悩みがないという気持ちにすらなった。

薬を飲んだことは、成斗には言わなかった。成斗は精神安定剤を飲んだと言ったって、何も文句は言わないだろう。成斗は真希の夢を壊さない男だ。真希は自分のプライドを傷つけない男を選んだ。その報いを今、受けている。それが成斗の「優しさ」だ。「優しさ」の正体とは何なのだろう。けれど、この「言わない」ということを美徳にしている男の優しさがいつか力になる時が必ず来る。真希は信じることにした。

真希と同じように大学教員である成斗もまた、新学期に、コロナ禍のあおりを受けて、非常事態の対応に追われていた。成斗は真面目な性格なので、一カ月後に始まるオンライン講義の練習を早くもしていて、真希はそのことをほほえましく思った。しかしその横に、ステレオタイプな若い女優のモバイルバッテリーと手帳、写真集が置かれていたので、真希は不審に思った。

真希は、成斗と長年連れ添っているが、彼がこんな凡庸な趣味だったのだろうかと正直驚いた。私の入院中にこんなアイドルにかまけていたのかと怪訝に思い、そして少し傷ついた。真希が何か言おうか、言うまいか迷っていると、成斗が「当選おめでとうございます」という携帯電話会社からの手紙を見せた。「モバイルバッテリーが欲しくて……」成斗はもじもじと言った。

「ああ、また抽選で当たったの?」真希は正直、いやな予感がした。乳がんサバイバーの祖母と母は右胸の乳がんだったのに、自分が左胸であったこともまだぐちぐちと気にしていた。「ああ、再発とか、ホルモン剤でおかしくなるとか、そんなことがあったら、どうしよう。コロナで世の中がおかしくなってしまったら、どうしよう」そして自分で言いながら、ばかばかしいことは分かっていたが、手術の傷の痛みもあり、がまんできなかった。

「なるちゃん、もう抽選に応募するのやめて。おばあちゃんが、昔から、抽選に当たるとえらい目に遭うって言ってるの」

「……わかった」成斗は真希が変なことを言う時に見せる、困った表情をして、ちょっとしょげているようだった。

「ごめんね、変なこと言って」真希は言い訳程度に謝った。

「メルカリで売ってくる」成斗は最後まで、まめまめしさを失わなかった。

成斗は新築マンションに引っ越したときに買った、ガラス張りのお洒落なサイドテーブルの上で、メルカリ用の写真を撮影した。モバイルバッテリーに転写された女優の笑顔が、サイドテーブルのガラスに映った。「ああこういう女の人は、私とは違うことを考えているのだろうか、それとも結局私と同じなのか」「こういう人が胸を失ったら、どう思うのだろう」

真希はそんなことを考えたが、自分にはついぞ答えが見つからなかった。サイドテーブルで増幅された人工的な作り笑いが、ますます謎を深めた。「とにかく私は私の生を生きよう」真希は気を取り直して、まめまめしい成斗の肩を、ねぎらうためにゆっくり撫でた。

《クラウドジャーニー》の入道雲もまた、サイドテーブルに映り込んだ。二人の体が、青い光で輝いた。

20

二〇二〇年四月八日。この日から昨日発出された「緊急事態宣言」が実効性をもつ。徹底的な外出自粛と休業要請。ニュースで見る日本の主要都市は、人っ子一人いないほどにガラガラになった。術後で買い物に行けない真希は、成斗に買える食品はしっかりと買っておくようにと、入念に指示を与えた。その日の東京の感染者は一五六人、全国の感染者は二八〇六人、死亡は八一名だった。世界の感染者数は一三八万人を超えた。感染者は日本でも、海外でも、急速に増えつつあった。

真希はこの日の朝から、退院時に処方されたホルモン剤を飲むことにした。チューリングが苦しんだホルモン剤の世界。生理が止まったら、どんなふうになるんだろうか。もうこの日から、正真正銘、絶対に自分の子どもはもてないのだ。もとよりほとんどアセクシュアルな生活を送っていたとはいえ、いざ完全に妊娠の機会が失われるとなると、不思議な喪失感があった。「私は母性を抜きにして、何か学び損ねていないだろうか」真希は子どもが欲しいかと言われれば、正直欲しくはなかったが、いわば研究者という求道者として、何か大切な機会を逸している気持ちがあった。真希は土門響の深い眼光を見ると、そこに自分にないものを感じていたが、それが母性なのかはついぞ分からなかった。何度か見たおっぱいの夢や、母や土門ががんで死ぬ夢などを思い出していた。

フェミニズムでは母性というものは、近代の発明だと言われている。例えば中世の宮廷生活などでは、世界的にも、母親が子どもを育てることはなかったし、そもそも一般社会でも近代以前は「子ども」という概念すらあるかあやしかった。人々は平気で幼い子どもに、大人と同じような労働をさせた。

こうして「母性」というものが自明ではなく、たとえ真希が生きる「近代」という時代が創り出したはりぼてだとしても、真希は母や土門の「母親」としての立場に、淡い羨望を覚えた。彼らにとって母性は自明だった。ただし真希にとってそれは羨望であっても、嫉妬ではなかった。真希は自分の心の奥底を一所懸命に覗いても、「母になりたい」という気持ちは薄かった。

真希は自分が母親でなかったことをしばしば神の恵みのように感じることがあったが、しかしそれは自分に子どもを育て、母性に翻弄されるだけの余力がないからだった。真希は人からは余裕があるように見えても、自分の研究や仕事、そして日々の生活と睡眠を守るだけでも精一杯だった。自分の力では無理なんだ。母親の複雑な世界を生き抜くことは無理なんだ。

「ああ、私はもともと母になりたいなんて思ったことはなかったけれど、本当になれないと思うと、人生の灯がひとつ消えた気もする」それでも諦めたことを後悔したくはなかった。そんな時、《クラウドジャーニー》は真希の新しい道を拓いてくれるように思えた。それは自分の死後でも生き残る唯一のものだ。くったくなく輝くLEDの光がいっそう、永続性を際立たせた。夏のように輝く青空は、未来永劫、雷を発して、世の中の光になるんだ。そして闇の中に立ち現われる点描は、満身創痍とも言える作者の手が、必死で描いた痕跡を後世に残すんだ。

真希はその日もまだ肉体的な喪失感と傷の痛みで、半ば茫然としていたが、成斗に家事もすべてやってもらい、こういう幸せもあるのだなと思ってすごしていた。荷物は全部運んでもらい、今まで真希が日頃三分の二くらいは作っていた食事を、これからは全部、成斗が作ってくれるという。これは天国かもしれないと思った。

そして春になってから麻のシーツに代えた涼しげなベッドに横たわり、夕方までうつらうつらとしていた。元気な時は、かなり積極的に仕事をするほうだったが、肉体がいうことを聞かず、ほとんど動けなかった。

真希は時おり起きては、自分の日記などを読み返し、これまで歩んできた困難な人生に思いを馳せた。そして四十二歳のカルマを無事乗り越えそうなことの感慨にふけった。チューリングの指輪をもらえなかったことや、手術中に雷に打たれたことなどが思い出された。胸もなくなり、傷はひどく痛み、ホルモン剤で母になる可能性を断たれ、コロナで先も見えない今はそんなことしか、真希の未来を照らす光がなかった。


夕方、ベッドでぼうっと無為な時を過ごしていると、成斗が真希を起こしてきた。成斗の肩が、《クラウドジャーニー》の光で青緑色に輝いた。

「つき、みて」成斗はとつぜん、彼らしくない言葉を発した。

「え、何、あ、月？　あ、確か今日、満月なんだよね」真希は、占いにも天文にも古典文学にも関心がない成斗が月のことを言うなんて、世も末かな、とちょっと可笑しく思った。

「真っ赤なのよ」成斗は重要なことを言う時、よく女言葉を使った。

真希は自宅のベランダから、夜空を見た。春の暖かさがある、心地よい宵だった。まだうっすら明るい空には、かなり明るい星だけが、わずかにまばらに散っていた。西側には氷川神社の参道が見える。欅の新芽が少し夜闇に白くこんもりと見えた。

まずは南の空を見たが、月は見つからなかった。しかし次の瞬間、東の空に、まだ上がったばかりの高度の低い月が現れた。とても大きく、そしてあまりに赤かった。月の表面の模様も、かなり濃いグレーではっきりと見えた。真希は成斗の顔を覗き込み、不思議な感慨にふけった。

「ほんとだ、赤い。真っ赤だ」

「なんか、コエーね」成斗はおどけて言った。

「大丈夫だよ」真希は妙な自信が湧いてきて、確信を持って言葉を発した。

「あら、ずいぶん落ち着いてるわね、真希ちゃん」成斗は真希がたくましい時、嬉しそうにする。

「うん、いい夢見たから」真希はふふふと笑った。「なるちゃんと私で土門さんの車に乗って、雲の中を走ったの。雷に打たれて、陸地に着いて、それに指輪ももらえなかったの。チューリングの指輪」真希は退院してから一番元気な声を出した。思えば、退院後は、肉体的にも精神的にも、いつになく弱っていた。

真希の笑顔を見て満足気な成斗はちょっと間を置いて、ひとこと「えがったネ」と答えた。成斗は機嫌がいい時、真希に対してよく「えがったネ」と請け合った。真希の四十二歳の誕生日は、これから四月の末に来ようとしていた。成斗には、ついに最後までカルマのことは言えなかった。

真希は部屋に入って、新築の白い壁に掛かる《クラウドジャーニー》を見た。先ほどから雷の閃光が光らないかと期待して待っていたが、夏の青空のまま輝き続けていた。入道雲のような白っぽい雲が、熱を持たないLED電球で次々と生み出された。土門響は夏のように熱い気持ちを持ってはいるけれど、その表現は星空のように温度を持たないんだなと真希は思った。土門は遠く、崇高な場所から、真希を支えている。もう数カ月もすると、また七月が来る。真希は福島で見た星空を思い出して、追憶にふけった。

夜六時も過ぎて暗くなると、作品の力はいっそう増した。部屋全体が、《クラウドジャーニー》の光に照らされて、壁も家具も成斗も真希も一体となった。ああ、本当に綺麗だな、一面、青白く色のついた空間で真希はそう思った。夜空と青空は深いところでつながっている。自然でも、アートでも。二つが溶けあう瞬間、夜空と青空、そしてネイチャーとアートが溶けあう瞬間だ。真希はずっとこういう美を求めてきたことに気づいた。あの七月の星空、そして七月の夏空、そして《クラウドジャーニー》。これは真希の、そしておそらく成斗の、共同生活の原点だった。

真希は美に翻弄されて生きているのだろうか、自分は美に命を捧げたのだろうか、そんなことを思いかけて、自嘲した。自分はチューリングの指輪をもらえなかった人間だ。美術史家としては二流だろう。学問に関しても、美に関しても、命を捨てられるような人間ではない。

「これからが本当の地獄だ」テレビのコメンテーターの無責任な言葉を思い出した。そうかもしれないな。けれど今、「生まれてこなければよかった」なんて言える人間がいるのだろうか。世界が極大化し、加速化し、最大化していたコロナ直前の時代、人々はいつになく世界の終わりを夢想していた。

しかし激しい困難がかさみ、苦労が絶えない国や地域の人間こそ今を生きようとする。この国も、この世界も、今後そんなふうになっていくのではないかな、と真希は思った。

戦地、飢餓、圧政——こんなの生きていてもつらいことしかないのではないかと思う地域の人ほど、生きようとしている——北朝鮮、ソマリア、シリア、アフガニスタン……。そんな時代が来るのではないか、皆が苦しい中で命乞いする時代が来るのではないか、真希はそうした地域の人々の生活を思い浮かべて末恐ろしい気もしながらも、同時に覚悟の気持ちが湧いてきた。

真希が今まで、人間に対して持っていた不信感も、それは本当には涙にくれたことも、本当には飢えたことも、成斗のように本当に大切な人を亡くしたこともなかったからではないのか。真希にはそんなふうにも思えてきた。

「かつてないような苦境の中で、皆が命乞いする世界が来るのではないか」世界は簡単には終わらない。人は苦しくなると、生きたくなる。土門響のような世界から隔絶されたような人間も、誰よりも命の道を求めている。

「真希ちゃんが生きていればそれでいいから」真希はあの時の成斗の言葉を思い出した。手術前、成斗とすれ違いを感じたあの言葉だ。真希はすべてを終えて、あの言葉を思い出し、急に暖かいお風呂に入っているような、柔らかな気持ちになった。こんな暖かい気持ちになったのは、しばらくぶりのことだった。

こうして成斗と肩を寄せ合い、ひっそりと二人で暮らしていきたい。胸の傷はひどく痛んだ。おっぱいはもうない。世の中もどうなっていくのか分からない。けれどそうであればこそ、真希は「ああこうして生きていていいんだ」と初めて思えた気がした。そのとき、《クラウドジャーニー》が嬉しそうに、七月を思わせる雲間に優しく青く輝いた。

呪術とクラウド——解説にかえて

吉岡洋

この小説は、呪術的な力に縛られている地上の人間の傍らに、ある時、「雲」の領域に属する存在が降り立つ、というようなお話ではないだろうか。わたしはそのように読んだ。言うなればこれは、現代における「恩寵」の物語ではないか、と思ったのである。それは一体どういうことなのか、以下で説明してみたい。

作者の加藤有希子さんは、京都大学でわたしが代表者として進めてきた研究プロジェクト「現代社会における〈毒〉の重要性」の共同研究者のひとりである。そこではもちろん小説の創作ではなく、美術や文学の研究を通して、〈毒〉という主題を手がかりに様々なテーマを一緒に考えてきた。

この研究プロジェクト、〈毒〉と銘打ってはいるが、毒薬や毒殺について研究しているわけではない。実際には〈毒〉そのものというより、この世界の色々なものが〈毒〉であると同時に〈薬〉でもあること、諸事物の持つ基本的な両面性に着目し、そのことを美術や文学を通して考えてゆくという趣旨である。

そうした両面性を、〈ファルマコン〉という言葉を借りて言い表してきた。科学技術万能の現代社会に生きる私たちは、ともすると〈毒〉か〈薬〉か、善か悪かという二元論的な考え方に凝り固まってしまいがちである。そうして身動きが取れなくなっている私たちの世界観を、いわば〈ファルマコン〉によって解毒できないものか。それがこの研究を始めた動機である。

さてそこからすると、この小説の世界では、メディアアーティスト土門響の作品《クラウドジャーニー》が、いわば〈ファルマコン〉として機能しているようにみえる。一つのアート作品を家に置き、それと一緒に生活することが、病と死の不安に苛まれている主人公に、しだいに影響を及ぼしてゆく。といっても芸術が癒しや救いを与えるといった単純なことではない。作品はあくまでそこに存在しているだけなのだが、それによって彼女の人生観の背景のようなものが、少しずつ変化してゆくのである。

主人公の真希は、この二十一世紀に生きながら、しかも高い教育を受けた研究者でありながら、自分は何らかの罰や宿命のようなものによって死ぬのではないかといった、呪術的な不安に囚われている。彼女はかつてアメリカ留学中に膠原病を発症し、藁にもすがる思いで霊媒《サイキック》に助けを求める。すると「今は大丈夫だが、四十二歳で命の危機が来る」と予言された。当時はその時の心配で精一杯だったので、この言葉にひと時の安心を得た。だがその四十二歳になった今、乳がんの宣告を受けたのである。

　これがそうだったのか、と考えてしまうのは無理もないだろう。しかもそれを「四十二歳のカルマ」などと自分の中で名付けてしまったために、真希はその言葉に呪縛されてしまい、控えめで優しい夫の何気ない言葉にも、突然苛立ったりするのである。

　だが一方では、真希は自分の病気を客観的に眺め、適切な医療上の対処やそのリスクについて冷静に対処しようと努力してもいる。だが科学的な医療も、それが科学的医療であるというだけでは、真希を慰めることができない。このお話では、呪術的なものと科学的なものとの対立が問題にされているわけではない。むしろ、この世界には呪術と科学しかないことが問題とされているのである。だとすれば、この世界に欠けているのは何か？　その「欠けているもの」を——他に適切な言葉が見つからないので——わたしは仮に「恩寵」と呼んでみた。

　夫の成斗は、既成の宗教に対し冷淡であるという点では無信仰だが、この宇宙の大きな秩序のようなものにはある種の深い信頼を抱いているようである。彼の精神は基本的に安定しており、それはある種の信仰に支えられているようにも思える。それに比べて、霊媒の予言に振り回されたり、小さな出来事に縁起を担いでみたり、超越者の存在を否定する成斗の言葉に突然噛み付いたりする自分の方が、本当は無信仰なのではないだろうかと真希は自問する。

このカップルは信頼し合っておりとても仲がいいが、性愛的な結びつきは淡白である。子供はおらず、子供を産むかどうかという話題もほとんど出てこない。けれども真希が直面している乳がん手術という現実は、死の不安を遠ざけることと引き換えに、乳房を喪失することを意味している。性愛や授乳といった生《なま》の接触が希薄であるだけにかえって、乳房を失うという考えは真希にとって、その輪郭を描きにくい試練として立ちはだかる。

乳房とはそもそも何なのだろうか？　乳房の意味を生物学的、進化論的、あるいは文化人類学的観点からいろいろと説明することはできるだろう。真希は美術史の教師なので、もちろん乳房を文化的な表象として、また男性的視線に晒された視覚イメージとして、ジェンダー論的に考察することもできる。ある講義で女子学生が、女の人の身体はもともと魅力があるから見られても仕方がない、といった感想をもらした時、真希はその素朴さを蔑んだ。

けれども乳房を失うことが自分の問題として迫ってくると、真希は自分の乳房のやわらかさを実感しそれを愛おしく思うことを、たんに知的な素朴さだとは考えにくくなる。自分の問題としては、それはもはや「乳房」ではなく、「おっぱい」なのである。

摘出手術の前日、もうこのおっぱいともお別れだと言う彼女に成斗は、ぼくは乳房に惚れたのではない、真希ちゃんが生きていればいいから、と答える。これはもちろん、乳房なんてどうでもいいと言いたかったのではなくて、彼として精一杯の励ましをしたつもりだっただろう。真希もそのことはわかっている。だがそこで初めて真希は涙を流し、「そうやってみんな……わたしのおっぱいを……ばかにするんだ……」と呟くのである。

この小説中もっとも感動的なこのセリフでは、真希の発話は、まるで吃音を持つアーティスト土門響のそれと共振するかのように、その言葉は途切れ、言葉と世界との間に距離が生まれているように思える。真希自身、そんなことを言った自分に驚いている。だがそうすることではじめて、彼女は乳房を失うという現実を受け入れることができるのである。その時、まるで真希の心を代弁するかのように、《クラウドジャーニー》が激しい光を発して輝く。

ちなみにこの作品《クラウドジャーニー》は、「ライトアート」と総称される人工的な光源を用いたアート作品だと思われる。発光はコンピュータによって制御されているとあるが、詳しいメカニズムは説明されていない。だが発光の頻度やパターンは規則的ではなく、予測不可能なようである。したがって見ようによっては、作品が何らかのメッセージを発しているようにも感じられるだろう。とはいえそれはもはや、霊媒の予言のように人を呪縛するメッセージではない。

この小説は、乳がんに直面した真希の思考や行動を軸として、彼女の個人的世界に沿って展開するものではあるが、その背景では、二〇二〇年初頭以来全世界を覆い尽くしてきた新型コロナ感染症の状況が、通奏低音のように、ずっと進行し続けている。そのことによってこの小説世界は、それを読む私たちの現実に連続している。

真希は手術を終え、彼女の人生のひとつの壁を乗り越えた。けれどもその背後に広がる世界は、いぜんとして呪術的な力に支配されたままなのである。つまりこの世界にはいまだに、呪術と科学しか存在しておらず、ファルマコンが、あるいは「恩寵」が欠けているように思えるのだ。

たぶん真希と同じように私たちもまた、「雲」の領域に属する何らかの存在を、必要としているのかもしれない。だが私たちの世界にとっての《クラウドジャーニー》とは、いったい何でありうるだろうか？　物語が閉じられても、この問いはオープンなまま、私たちの前に投げ出されているのである。

著者について――

加藤有希子（かとうゆきこ）　一九七六年、横浜市に生まれる。現在、埼玉大学准教授。専攻は美学、芸術論、色彩論。主な著書に、『新印象派のプラグマティズム――労働・衛生・医療』（三元社、二〇一二年）、『カラーセラピーと高度消費社会の信仰――ニューエイジ、スピリチュアル、自己啓発とは何か？』（サンガ、二〇一五年）などがある。

クラウドジャーニー

二〇二一年七月二〇日第一版第一刷印刷　二〇二一年七月三〇日第一版第一刷発行

著者――加藤有希子
装幀者――かくだなおみ
装画者――安藤鉄兵

発行者――鈴木宏
発行所――株式会社水声社
東京都文京区小石川二―七―五　郵便番号一一二―〇〇〇二
電話〇三―三八一八―六〇四〇　FAX〇三―三八一八―二四三七
［**編集部**］横浜市港北区新吉田東一―七七―一七　郵便番号二二三―〇〇五八
電話〇四五―七一七―五三五六　FAX〇四五―七一七―五三五七
郵便振替〇〇一八〇―四―六五四一〇〇
URL：http://www.suiseisha.net

印刷・製本――ディグ

ISBN978-4-8010-0584-6